Nuova Narrativa Newton
1441

Dello stesso autore:

I Medici. Una dinastia al potere
I Medici. Un uomo al potere
I Medici. Una regina al potere
I Medici. Decadenza di una famiglia
Inquisizione Michelangelo
Le sette dinastie
La corona del potere
Dante Enigma
Il cimitero di Venezia
Tre insoliti delitti
Il ponte dei delitti di Venezia
La cripta di Venezia

Prima edizione: febbraio 2025
© 2025 Newton Compton editori s.r.l., Roma
Pubblicato in accordo con MalaTesta Lit. Ag. Milano

ISBN 978-88-227-8911-2

www.newtoncompton.com

Realizzazione a cura di Pàgina
Stampato nel febbraio 2025 da Puntoweb s.r.l., Ariccia (Roma)

Matteo Strukul

I sette corvi

Newton Compton editori

E mai più volando via di lì, il corvo ancora lì posa, *ancora*
lì siede, sul pallido busto di Pallade, sopra la porta della mia stanza;
e sembrano i suoi gli occhi di un demonio che sogni;
e la luce della lampada che l'investe ne getta l'ombra sul pavimento;
e la mia anima di quell'ombra che fluttua e tremola sul pavimento non sarà
[sollevata – mai più!
Edgar Allan Poe, *Il corvo*

Era un canto antico come la razza,
uno dei primi del mondo giovane
quando i canti erano dolenti.
Jack London, *Il richiamo della foresta*

Vedeva le onde crestate di spuma
che si frangevano nella baia.
Decise di portare gli uccelli alla spiaggia
e di seppellirli là.
Daphne du Maurier, *Gli uccelli*

Teneva la testa abbassata.
I suoi occhi erano quasi scarlatti.
La sua pelliccia folta e fulva
era sporca di sangue rappreso e di fango.
Stephen King, *Cujo*

Il corvo ride sotto la luce di un lampione,
il ghigno demoniaco di chi ha vissuto
ed è morto, e continua a vivere.
James O'Barr, *Il corvo*

1

Nel bosco

Il cielo sembrava una lastra d'ardesia.

L'azzurro vivo era andato via via sbiadendo come in un vecchio dagherrotipo. Si era fatto grigio ghiaccio e ora la volta aveva assunto una tinta talmente minacciosa da spaventarla.

Presto sarebbe caduta la neve.

Nicla affrettò il passo.

Fin dall'inizio, aveva saputo che entrare nel bosco sarebbe stato rischioso. Ma non aveva avuto scelta. Le era parso di vedere due dei suoi ragazzi approfittare della ricreazione per allontanarsi dalla scuola dove insegnava. Li aveva seguiti. E poi… Poi era stata chiamata da qualcosa: un silenzio minaccioso, un'inquietudine crescente che pretendeva d'essere ascoltata.

Non era riuscita a resistere.

E ora faceva fatica a orientarsi, complici quegli alberi morti e spogli che le parevano tutti uguali. D'improvviso, le erano venuti a mancare i punti di riferimento. Eppure, era cresciuta in quella valle.

Con il passare del tempo, però, una consapevolezza

s'impadronì di lei: invece di uscire dalla macchia, vi si stava addentrando sempre più.

Proprio come in una favola.

Una di quelle maledette.

Chiamò i ragazzi per nome: «Laura! Paolo!». Nessuna risposta. Ritentò e, di nuovo, non ebbe successo.

Percepì il proprio respiro. L'aria che usciva come nebbia bianca dalle sue labbra viola. Il petto che si sollevava in uno scandire ritmico dei passi.

Le parve di udire un suono strano.

Le si gelò il sangue nelle vene e, per un istante, avrebbe giurato d'essere morta anche lei.

Si fermò. Lo udì di nuovo.

Somigliava a un frullo d'ali. Quasi un uccello, intrappolato in una scatola, le stesse sbattendo, impazzito.

Alzò lo sguardo, esplorando lo spazio sopra di sé. Vide i rami bruni dei faggi, protesi contro la volta color fumo del cielo: sembravano dei dolenti, intenti a pregare Dio. Chiedevano misericordia.

Doveva fare in fretta.

La neve non avrebbe atteso ancora molto prima di cadere.

Riprese il cammino e giunse a una radura. Non l'aveva mai vista prima. Non ne conosceva nemmeno l'esistenza, a essere onesti.

Eppure, si ripeté, non poteva essere lontana dalla scuola e dal paese.

Che diavolo stava facendo?

Sbuffò, provando a darsi una mossa. Con pollice e medio accarezzò le sopracciglia bionde, tirando la pelle in un gesto automatico che faceva sempre quando cercava la concentrazione. Mentalmente, si esortò a fare attenzione ai segnali. Ma non ce n'erano. Non stava percorrendo un sentiero, tanto meno una strada.

Chiamò nuovamente i due ragazzi. «Laura! Paolo!».

Sospirò.

Che si fosse sognata tutto? Magari si era convinta di averli visti, mentre in realtà quei due non si erano mai allontanati. Le parve strano ma possibile.

Passò il palmo della mano sui jeans, sfregandolo sulla tela dura. Provò una bella sensazione, quasi quel semplice movimento l'avesse risvegliata da un torpore avvolgente. Almeno un po'.

Ancora una volta, udì quello strano rumore.

Si voltò di scatto.

Non vide niente.

Eppure, cominciava a pensare che qualcuno la spiasse e la stesse seguendo.

Motivo in più per andarsene.

Si morse le labbra. Si stava semplicemente suggestionando, ecco tutto! Erano i rumori del bosco. Era normale che un uccello sbattesse le ali. O che un piccolo roditore, o una volpe, o perfino un lupo, sollevasse il pacciame al suo passaggio.

Che altro pretendeva?

Proseguì, superando la radura. A quel punto, dopo pochi passi, si affacciò su un avvallamento del terreno.

Era certa che scendere fosse una buona idea. Prima o poi, gli alberi spogli avrebbero lasciato il posto ai nudi campi e sarebbe sbucata fuori dalla macchia, finalmente in vista del paese.

Scese dunque senza ulteriore indugio, affrettando il passo.

Ogni tanto chiamava ancora i ragazzi. Senza esito alcuno.

Sentì di nuovo quel dannato sbattere d'ali. Le parve più vicino.

Nicla provò a non pensarci.

Si ripeté di non averlo udito.

Procedette, stando ben attenta a non mettere un piede in fallo, e, ben presto, si ritrovò in fondo alla depressione del terreno. Era di nuovo in piano, con gli scarponi che continuavano a far crocchiare rami e terriccio.

Con sua somma sorpresa, però, dopo aver percorso un altro tratto, s'avvide che il bosco tornava a farsi erto. Non andava bene. In quel modo, non ne sarebbe mai uscita.

Tutto lasciava intendere che fosse meglio tornare indietro.

Già, ma indietro dove?

Ed era certa di riuscirci?

Provò a non perdersi d'animo e riprese la salita. Dopo un po', sentì la fronte imperlarsi di sudore. Il cielo ormai era quasi del tutto scomparso ai suoi occhi, perché la vegetazione era andata facendosi più fitta e i faggi, un po' alla volta, erano stati sostituiti da pini e abeti. Solo qualche larice, di tanto in tanto, macchiava tutto quel verde di bronzo.

Era da poco cominciato l'inverno.

Ora gli alberi erano talmente vicini che parevano formare un'impenetrabile muraglia. Iniziò a farsi largo con le braccia, fra i rami coperti d'aghi. Andò avanti per quella che le parve un'eternità, fino a quando, ancora una volta, il terreno parve ridiscendere ed ella lasciò andare le gambe.

Fu quello l'errore.

Un istante più tardi percepì uno scatto e vide lo scarpone piegarsi verso l'interno.

Una fitta lancinante le mozzò il respiro.

Tentò di aggrapparsi a qualcosa, ma non ci fu niente da fare. Ruzzolò in avanti e finì lunga distesa.

Il dolore fu atroce. Le riempì la bocca e uscì, e lei urlò con quanto fiato aveva in corpo.

Le rispose solo il fischio del vento.

Lacrime le rigarono le gote. Fu più forte di lei. Non riuscì a trattenerle. Si sedette e portò quasi naturalmente le mani alla caviglia nel disperato tentativo di sopire quel male che ora risaliva lungo la gamba destra.

Ricacciò le lacrime indietro.

Fantastico! Eccola lì, inerme.

Forse, a quell'ora, Laura e Paolo ridevano di lei.

Adesso sì che era nei guai.

Di certo, doveva essersi slogata una caviglia.

Sperò di no. Provò a rimettersi in piedi. Ci riuscì ma, non appena cercò di appoggiare il peso del corpo sulla gamba destra, vide le stelle. Si piantò i denti nelle labbra. Ma ovviamente non migliorò. Tentò di muoversi e, caricando la sinistra, scoprì che, pur zoppicando, poteva farcela.

Se solo avesse capito da quale parte andare.

Ed eccolo di nuovo: quel furioso e frenetico batter d'ali. Questa volta lo udì molto più vicino. Quasi lo avesse alle spalle. Istintivamente, abbassò la testa.

Volgendo lo sguardo, si rese conto che doveva esserselo immaginato perché, ancora una volta, non vide nulla. Se non altro, individuò un pezzo di legno che poteva fare al caso suo.

Si piegò in avanti, stando ben attenta a non affaticare la gamba destra. Si mosse in modo innaturale, ma alla fine riuscì ad agguantare il bastone. Era pressappoco dell'altezza giusta. Lo strinse, e il legno compatto le diede sicurezza.

Il vento stormiva fra gli alberi e ora soffiava spietato e gelido, spazzando le cime dei sempreverdi.

Infine, sentì qualcosa bagnarle la guancia e s'avvide che aveva cominciato a nevicare. Fiocchi grandi e bianchi iniziarono a cadere silenziosi.

D'improvviso, percepì il battito echeggiare fra i rami. E, questa volta, ottenne risposta. Non era più un suono solo. Era una moltitudine, un fragore sommesso che albergava sui rami dei sempreverdi e rimbalzava in un frullio inquieto, nevrotico, insinuante. Quasi gli alberi parlassero.

Il bosco pareva vivo.

E pronto a divorarla.

2
Banshee

«Com'è andata a scuola, oggi?».

«Come al solito», rispose Marco.

«E cioè?», insistette sua madre.

«Ma dai», ribatté lui, «niente di che». Perché diavolo doveva chiederglielo ogni giorno, si domandò. Come se davvero potessero esserci novità quotidiane. Eppure, sembrava impossibile spiegarglielo. Lei non voleva crederci, fine della storia. «Non mi hanno interrogato e non avevo compito in classe», ribadì, laconico.

«D'accordo, d'accordo», replicò lei, alzando le mani, quasi a sottolineare che non aveva cattive intenzioni. «Volevo solo sapere come stavi».

«Vado in camera», disse lui. E senza attendere, filò dritto al piano di sopra.

«Mi raccomando, i compiti».

Scosse la testa. Aprì la porta, gettò lo zainetto per terra. Recuperò le cuffie e premette "play" sullo stereo.

La chitarra elettrica entrò come una lama di coltello. Poi, la voce di Dolores O'Riordan si accese sussurrante fino a crescere in un grido, e quel grido lacerava tutto ciò che incontrava, scorticava l'aria. Marco si abbandonò a quella canzone. Le parole rapivano la sua attenzione: l'assuefazione alla violenza trasformava le persone in zombie, diceva Dolores.

Marco non ne sapeva molto di più, ma aveva letto su una rivista che la canzone faceva riferimento a un episodio preciso, causato dal conflitto in Irlanda del Nord. Era una storia terrificante: un bimbo di tre mesi e un ragazzino di dodici anni erano morti per via di un ordigno nascosto in un bidone dell'immondizia.

Poi si fece rapire dalla melodia, lasciando che il basso gli martellasse lo stomaco. Fu quel suono sordo e cupo che lo riportò al pensiero di sua madre: così pronta a chiedergli della scuola, ma incapace di aggiustare il giocattolo rotto che era ormai il suo matrimonio. Era davanti ai suoi occhi ogni giorno. Non ne parlava con lei, ma questo non significava che non si rendesse conto di quanto stesse accadendo.

Sospettava che Anna avesse un altro uomo.

Non che fosse solo colpa sua.

Riccardo, suo padre, non era certo innocente. La ignorava da tanto di quel tempo che Marco non si capacitava di come lei non se ne fosse andata.

Però era inutile che cercasse di fare la mamma modello. Magari chiedendogli come era andata la giornata. O tormentandolo con la faccenda dei compiti.

Lui mica si lamentava. Gli bastava che lo lasciasse in pace.

Mentre il brano cresceva d'intensità, la sua mente riandava alle immagini di quel video che aveva visto decine di volte. Dolores coperta d'oro come una creatura pagana, la croce di legno, i capelli che le pendevano simili a corde auree, i denti bianchi, la lunga veste a fasciarle il corpo. E i bimbi ai suoi piedi. Gli alberi rossi sullo sfondo simili a macchie di sangue ormai secco.

Quelle immagini lo avevano lasciato a bocca aperta. Se avesse potuto avrebbe voluto avere Dolores come madre. Era così bella, forte e invincibile. E cantava come una dea guerriera, una *Banshee* dalla voce spezzata. Qualche mese prima aveva messo le mani su un libro di fiabe e leggende irlandesi, scoprendo quel genere di creature. Erano fate, spiriti urlanti che si lamentavano piangenti, manifestandosi agli uomini sul punto di morire.

Marco ne era rimasto affascinato. E quando poi aveva visto Dolores, era certo di aver riconosciuto in lei una Banshee.

Rimase steso sul letto, aspettando che si facesse sera. Quando il brano finì, riavvolse il nastro e lo mandò di nuovo.

Non aveva idea di quante volte lo avesse ascoltato, ma a un certo punto, guardando verso la finestra, scrutò il cielo nero. E i fiocchi di neve cadere.

Tolse le cuffie.

Si avvicinò alla finestra e rimase a guardare, lasciando che il tempo passasse.

Più tardi, sua madre lo chiamò. La cena era pronta.

Scese al piano di sotto.

La tavola era apparecchiata per due.

«Papà torna presto».

Come al solito. Solo che non era mai così. Arrivava sempre quando lui ormai era a letto.

«Ho fatto la minestra d'orzo», disse poi quasi a voler riempire il silenzio. «È così freddo. E fuori nevica. Speriamo che Riccardo non abbia problemi con la macchina».

«E perché dovrebbe?», domandò lui.

«Come perché?».

«Per via del meteo, lo so, ma...».

«Ma cosa?».

«Ma in queste montagne ci è nato».

«Appunto», ribatté sua madre. «E dovrebbe saperlo che quando il cielo è di quel colore sarebbe meglio rientrare».

Marco sbuffò.

«Cosa c'è?».

«Possibile che tu debba sempre pensare al peggio?».

«Be', che c'è di strano. Mi preoccupo! Coraggio, mangia».

Lui tacque. Sua madre era senza speranza. Gli ripeteva sempre le stesse cose. E non faceva niente per cambiare. Sembrava quasi che, nel reiterarsi delle parole, dei gesti, degli orari, delle esortazioni, costruisse un suo piccolo rifugio di certezze.

Buon per lei.

Portò il cucchiaio alle labbra. Soffiò per raffreddare la zuppa almeno un po'.

«Guarda come viene giù», riprese lei.

«Già».

«Hai studiato?».

«Ancora?».

«Quante volte ti ho detto di non usare quel tono…».

Sospirò. «D'accordo, scusami», disse lui.

«Che materie hai a scuola, domani?».

Marco ci pensò un attimo. «Prime due ore, italiano».

«Avete compito?».

«No».

«Poi?».

«Un'ora di storia».

«Che bello! Che cosa state facendo?».

Marco provò a ricordare qualcosa dell'ultima lezione. Dalle nebbie della memoria gli arrivò un nome utile. «Daniele Manin», disse. «La Repubblica di San Marco».

«Caspita, è una cosa interessante, no?».

Lui annuì e deglutì altra zuppa. Era calda come l'inferno.

«Va mangiata bollente».

«È quello che sto facendo».

«Bene», disse Anna con un sorriso a fior di labbra.

«Pensi che andrà avanti tutta la notte?», domandò Marco, indicando con un cenno del capo la neve che cadeva copiosa.

«Credo di sì. Per questo sono preoccupata. Ho acceso il camino, così quando tuo padre arriverà troverà la sala calda».

«Hai fatto bene». Voleva rassicurarla. Sapeva che sua madre se lo aspettava e non intendeva toglierle anche quello.

Nel frattempo, terminò la zuppa.

«Ne vuoi ancora?», chiese lei.

«No, grazie. Era buona». Lei l'aveva appena toccata. «Ti va se, aspettando papà, guardiamo insieme la televisione?».

«D'accordo».

3

Incubo

La neve continuava a cadere. Sembrava che dal cielo piovessero cristalli d'argento. Marco se ne stava fuori a guardare. Ma non aveva freddo. Era incantato nel fissare quel bianco che annullava le linee, i profili, gli spigoli, avvolgendo tutto in un candido manto.

Indossava i pantaloni neri con le tasche e gli scarponi del medesimo colore. Aveva la t-shirt di *Disintegration* dei Cure. Il volto di Robert Smith compariva azzurro pallido sul fondo nero, proprio come l'acqua di uno stagno. Le sue braccia chiare, quasi abbacinanti, contrastavano con il colore della maglietta almeno quanto le piume nere di un corvo imperiale che stava appollaiato sulla staccionata bianca di fronte a lui.

L'uccello gracchiò.

E il suono riempì lo spazio attorno. C'era qualcosa di primordiale in quel verso, qualcosa che pareva raccontare una storia, antica come quella dell'uomo e forse anche di più.

Il corvo spiccò il volo.

Marco lo seguì. Non si chiese perché. Forse, in cuor

suo, sperava che lasciarsi condurre da quell'uccello lo avrebbe reso libero.

Il corvo si librò in alto, poi volò in tondo, nel cielo, quasi intendesse aspettarlo.

E lui partì e, ben presto, aveva lasciato la strada per inoltrarsi nel bosco.

Seguiva un sentiero ma, fra le chiome degli abeti, scorgeva l'uccello nero. Il corvo gracchiò ancora e continuò il suo volo.

Marco non lo perdeva di vista.

Senza rendersene conto, abbandonò il sentiero e giunse nel folto degli alberi. Tale era stata la foga con cui aveva rincorso il corvo maestoso, che si era procurato dei graffi sul viso e aveva strappato i pantaloni per via dei rovi che crescevano nel sottobosco.

La luce del giorno scolorì in un pallido tramonto e la neve cessò di cadere. Ben presto le tinte affumicate del cielo si ritirarono nel buio della sera. Tuttavia, una luna bianca e grande quanto una moneta da cento lire si stagliò al centro della volta e la illuminò di barbagli sfavillanti.

Infine, gli alberi si diradarono e, ai piedi di un grande pino, Marco fu sul punto di scoprire qualcosa che non avrebbe più dimenticato. Il pallore lunare filtrava fra i rami in impercettibili festoni di luce d'opale.

In quel chiarore irreale, di primo acchito non capì esattamente quel che vide. Scorse soltanto una forma scura e fremente che pareva vibrare di vita. Era strano, somigliava a una sorta di manto nero e brulicava inquieto. Fu quello a sconvolgerlo. Aveva creduto fosse la pelliccia di un animale, ma poi si rese conto che erano le piume dei corvi.

Decine, centinaia di corvi che divoravano qualcosa.

Dai brani di carne insanguinata che tenevano nei becchi forti capì che si stavano cibando, voraci e ingordi. Neri assassini di una vita non ancora spenta.

Mentre piantavano i becchi aguzzi, strappando e ingozzandosi fino a scoppiare, Marco comprese che la preda era un cervo. Ne scorse infatti il palco di corna. L'animale, ancora vivo, sollevava di tanto in tanto il collo, negli ultimi spasmi di vita, abbandonandosi a fiochi bramiti.

Udì poi un gracchiare furibondo e alzò lo sguardo. Sopra il ramo di un pino, in alto, stava il corvo imperiale che l'aveva condotto fino a lì. Gli rispose una cacofonia di suoni rochi e stridenti che gli ricordarono una sarabanda di sghignazzi infernali. Era lo stormo che replicava al richiamo di quell'uccello spaventoso e in lui pareva riconoscere il proprio sovrano.

Poi i corvi volsero gli occhi su Marco. E in quelle centinaia di punti scintillanti, nel buio irrorato dalla luce mercuriale della luna, egli percepì l'essenza stessa della morte e la promessa che presto tutti loro sarebbero venuti a cercarlo.

Quasi a sottolineare quella tacita, terribile minaccia, il corvo imperiale prese a picchiare con il becco contro il ramo sul quale era appollaiato. Ne usciva un suono gelido e ritmico insieme.

Fu a quel punto che si svegliò, fradicio di sudore ghiacciato, nella mente ancora l'immagine rivoltante dei corvi che dilaniavano il cervo morente. Inspirò a lungo nel tentativo di ritrovare la calma. Il cuore pareva sul punto di schizzargli fuori dal petto. Strinse fra le mani il lenzuolo, poi aprì gli occhi. Di nuovo, udì quel suono ostinato. E, improvviso, giunse un refolo d'aria fredda. Ma non stava più sognando, e dunque? Seguì la direzione del suono e capì che era il battente della finestra. L'aveva lasciata aperta. Il vento ghiacciato sibilava nella stanza.

Accese la luce e fece per chiudere. Solo allora si rese conto che si era dimenticato di serrare anche gli scuri. Stava per afferrarli, quando qualcosa glielo impedì.

Un istante dopo, sul davanzale, scorse qualcosa che lo lasciò ammutolito.

Un grande corvo imperiale era comparso, quasi generato dalle tenebre della notte. Lo stava guardando. Gli occhi neri avevano riflessi bluastri.

Soffocò l'urlo che aveva in gola, e il cuore cominciò a battergli all'impazzata.

E mentre tentava di distogliere lo sguardo, sentì gli occhi del corvo piantati come uncini dentro di lui.

Un attimo dopo, l'uccello volò via.

Ma Marco era certo che sarebbe tornato.

4

Zoe

Era un pomeriggio gelido, ciononostante aveva fatto due passi prima di raggiungere l'auto. Se n'era rimasta a guardare la Schiara, la grande montagna che, al centro del Parco delle Dolomiti, dominava con la propria mole la città di Belluno. L'aveva sempre trovata bellissima e fiera, e coperta di neve com'era in quel momento le apparve ancor più maestosa. Spostando lo sguardo un poco più a sinistra, scorse le guglie candide dei Monti del Sole: le Stornade, la Torre dei Feruch, il Piz di Mezzodì. Li aveva scalati tutti, nei giorni d'estate. Uno dopo l'altro. Amava quelle montagne. Malgrado non fossero particolarmente alte, erano oltremodo ripide e impervie, simili a vere e proprie zanne di roccia, tanto che, quando il sole calava, parevano lacerarlo con i loro profili scaleni fino a farlo sanguinare nel rosso del tramonto.

Il nome di quelle montagne l'aveva sempre conquistata. I Monti del Sole, si ripeté, quasi fosse una sorta di cantilena benaugurante.

Infine, a malincuore, Zoe ridiscese la via e, nel giro di pochi minuti, si ritrovò di fronte alla questura.

Salì in auto e infilò la chiave nel quadro.

Il motore della Lancia Delta HF Integrale Martini 5 ringhiò.

Inserì la cintura di sicurezza color rosso acceso. Un istante dopo, nell'autoradio, esplosero le note rauche e spietate di *Smells Like Teen Spirit* dei Nirvana. Era stata una giornata faticosa, conclusasi con uno di quegli incarichi che avrebbe preferito declinare. Ma era una giovane ispettrice di polizia e non poteva permetterselo. Il commissario Casagrande era stato chiaro sul punto.

Quel brano serviva a sfogare la frustrazione.

Così, eccola lì: pronta a partire per Rauch, il più sperduto paese della Val Ghiaccia, nell'ultima lingua di Bellunese, al confine fra Veneto e Friuli, in una gola fredda come il peccato, come recitava il nome.

Una donna era stata trovata morta. Il corpo ridotto in modo tale da far legittimamente credere che un killer sadico si fosse accanito su di lei.

Avrebbe dovuto indagare e far luce su quella storia. Lungo la via, si sarebbe premurata di prendere a bordo il dottor Alvise Stella, medico legale di notevole esperienza, che aveva già affrontato in passato situazioni come quella che si profilava all'orizzonte.

Kurt Cobain rantolava dalle casse. Solo qualche mese prima si era sparato in bocca con un fucile Remington calibro 20. In vena aveva eroina da tripla overdose. Con la sua morte, un'intera generazione era stata spazzata via. Come se quel suicidio annunciato avesse seppellito per sempre le istanze di ribellione di quelli come lui.

Dopotutto, a cosa era servito il grunge, a parte lanciare la moda delle camicie a quadri? Identiche a quelle che portava Zoe. Forse a sbattere in faccia a ventenni e trentenni un fatto puro e semplice: il futuro non c'era.

Per questo, quel genere di musica era poco più che un fiotto di sangue elettrico: brani primordiali, sporchi, aspri, suoni di chitarra talmente dritti e tesi da somigliare a quelli di una motosega. Nichilisti. Un sound primitivo per un ritorno al nulla rimasto, dopo che le precedenti generazioni avevano spolpato il pianeta.

Scosse la testa. Fece manovra, uscendo dal parcheggio, lasciandosi alle spalle la questura, tirando dritto per via Volontari della Libertà. Il traffico non era ancora così intenso e con un po' di fortuna sarebbe arrivata alla casa del dottore nel giro di un quarto d'ora. E magari, in un'ora e un quarto, sarebbe giunta a destinazione, forse perfino prima di sera.

Le previsioni davano neve in arrivo.

In pochi minuti, si lasciò Belluno alle spalle. Per fortuna, la casa del dottore era sulla strada per Rauch. Giunta in contrada Baldenich, si fermò al numero tre di via Fiorenzo Tomea e attese.

Era in anticipo di cinque minuti. Fece in tempo ad ascoltare *In Bloom* e *Come as You Are*. Poi il dottor Alvise Stella, in Principe di Galles e un elegante soprabito, apparve. Evidentemente non la riconobbe subito perché, scesa la scala della sua elegante villetta, si mise ad attendere.

Forse non si aspettava che la sua auto fosse una Lancia Delta. Per giunta, uguale a quella con cui Miki Biasion, il grande pilota di Bassano del Grappa, aveva vinto due campionati del mondo di fila.

Zoe scese e gli andò incontro. «Dottor Stella», disse. Il medico legale la guardò, tradendo una certa sorpresa. «Ispettrice Tormen», continuò lei, quasi a volerlo rassicurare.

5

Alvise

L'ispettrice di polizia era la donna che aveva davanti?

Mai fidarsi delle apparenze, pensò il dottor Stella, ma di certo lo stupore era grande. L'ispettrice Tormen doveva avere trent'anni al massimo. I suoi capelli castani erano lunghi almeno fino ai fianchi e i Ray-Ban Aviator, uniti ai jeans e alla camicia a quadri in flanella, la facevano somigliare alla versione femminile di uno di quei cantanti che tanto piacevano ai giovani. Come diavolo si chiamavano?

«Ispettrice Tormen», replicò lui laconico, mentre ancora tentava di raccapezzarsi.

Lei lo squadrò senza remora alcuna. «È il suo bagaglio?», domandò, alludendo all'elegante borsa da viaggio che teneva sulla spalla.

«Precisamente».

«E quella?», aggiunse, accennando con il capo alla valigetta in pelle che stringeva nella destra.

«La mia strumentazione».

Dietro le lenti a specchio, l'ispettrice dovette sorridere. Le labbra s'incresparono divertite. «Mettiamo tutto dietro», replicò.

Un istante più tardi borsa e valigetta finirono nell'angusto portabagagli della Lancia Delta, di fianco a uno zainetto marca Millet.

Il dottor Stella aprì la portiera e si accomodò, per quanto poté, sul sedile Recaro in alcantara nera, profilato di rosso.

«Allacci la cintura, dottore», disse l'ispettrice Tormen. Estrasse la cassetta, lanciandola di dietro, e ne infilò un'altra nello stereo. Partì un brano musicalmente indefinibile. Il cantante cominciò a latrare: sembrava voler scorticare la propria gola a ogni costo.

«La prego, ispettrice», disse il dottor Stella, «può abbassare il volume?».

«Solo perché me lo chiede lei».

«La ringrazio».

Il volume diminuì in modo impercettibile.

«Ancora un po'?», insistette lui.

«D'accordo».

E finalmente il suo udito ebbe un attimo di tregua. «Bell'auto», disse poi, «ma da quando in qua gli ispettori di polizia guidano macchine del genere?».

Mentre il dottor Stella si abbandonava a quella domanda, il motore dell'auto ruggì. Un istante dopo si trovò con la schiena incollata al sedile, ma fu l'affare di un momento. In pochi secondi, dopo quella partenza rabbiosa, l'ispettrice Tormen si portò a una velocità di guida quasi normale.

«Ho un'autorizzazione speciale per questa», si limitò a rispondere lei. «A ogni modo, si tratta di una Lancia Delta Integrale Martini 5. Ne esistono quattrocento esemplari in tutto il mondo, fabbricati in occasione della quinta vittoria del campionato mondiale di rally. Per questo le fiancate riportano il logo Martini».

«Capisco».

«Monta pneumatici Michelin MXX 205/50 ZR15».

«Caspita», fu tutto quello che ebbe da dire il dottore. Quelle informazioni erano arabo allo stato puro per lui, digiuno com'era di tutto ciò che avesse anche solo vagamente a che fare con le auto sportive.

«Le quattro ruote motrici ci torneranno utili in caso di neve», continuò l'ispettrice Tormen.

«Molto bene».

«Può chiamarmi Zoe e, se è d'accordo, diamoci del tu».

«D'accordo», confermò lui, leggermente contrariato per via del fatto che non gli sarebbe dispiaciuto mantenere una certa distanza ancora per un po'. Ma non voleva sembrare un vecchio scontroso prima del tempo. Dopotutto non aveva ancora cinquant'anni. E poi, in un modo o nell'altro, con quella ragazza selvaggia avrebbe dovuto farci i conti, presto o tardi. Tanto valeva cominciare con il piede giusto. Magari era solo scena.

«Con un po' di fortuna, dovremmo arrivare nel giro di un'ora o poco più».

«Me ne compiaccio».

«Il commissario Casagrande mi ha parlato a lungo di te».

«Spero in toni positivi».

«Entusiastici».

«Mi fa piacere», ammise il dottor Stella. «E dunque, che cosa abbiamo?», domandò, andando dritto al nocciolo della questione.

«Una donna uccisa».

«Sappiamo qualcos'altro?».

«Non al momento. Appena ha ricevuto la telefonata dalla polizia di Rauch, il commissario Casagrande mi ha ordinato di recarmi sul posto. Esamineremo vittima e documentazione direttamente in loco».

«Tuttavia…», la incoraggiò lui.

«Tuttavia, sappiamo che la donna è stata uccisa in maniera orribile. L'hanno trovata al limitare del bosco e qualcuno le ha cavato gli occhi».

«Mio Dio».

6

A casa

Quel pomeriggio, Riccardo era rientrato presto. Accadeva di rado ma, considerato come era andata la sera precedente, aveva molto da farsi perdonare. Non che quello della distilleria fosse un lavoro rilassante. Anna ne era consapevole. La grande distribuzione stava spazzando via le aziende artigiane e Riccardo aveva raccolto un'eredità importante, dovendo però imparare in fretta a nuotare nel mare grande e a farlo partendo da uno sperduto paese nel più remoto angolo del Veneto.

La distilleria Donadon era nata vent'anni prima, riuscendo a costruirsi una reputazione inizialmente in tutta la Val Ghiaccia e poi, un po' alla volta, oltre i confini locali. Gli ordini erano via via aumentati in maniera esponenziale, al punto che si era reso necessario istituire un drink store a Belluno, frequentato non solo dalla gente del luogo ma anche dai tanti turisti che venivano a godersi una vacanza nelle Dolomiti. I distillati Donadon piacevano perché mantenevano un'aura artigianale, senza rinunciare alla possibilità d'essere distribuiti in tutta Europa. Dopo una serie di passi falsi, infatti, Riccardo aveva stretto accordi con una società leader nella distribuzione della distillazione e liquoristica, ampliando notevolmente il giro d'affari.

Ma si era trattato di una mole enorme di lavoro che lo aveva assorbito in un modo che nemmeno lui avrebbe mai immaginato.

Anna lo vedeva solo alla fine di giornate interminabili e per la gran parte del tempo viveva da sola in quella villetta. All'inizio era stato divertente: il denaro non era un problema e Riccardo le aveva lasciato mano libera nella scelta dei mobili e degli arredi. Anna non aveva mancato di spingersi in lungo e in largo per recuperare oggetti tradizionali e manufatti ottocenteschi, e ora la sua casa era una vera delizia per atmosfera e soluzioni. Ma un bel giorno, anche quel suo grato lavoro di cura e decorazione era giunto al termine. Nel frattempo, suo figlio Marco era cresciuto, diventando adolescente. E ora lei era più sola che mai.

Non amava particolarmente leggere e, dopo aver sfornato un numero pressoché infinito di crostate di marmellata e torte al cioccolato, si era domandata come riempire quel vuoto. In quell'interrogativo, si era consumata nella solitudine. Anche quando aveva tentato di prendere iniziative, di qualsiasi tipo fossero, Riccardo si era detto contrario, come se il fatto di poter avere qualcosa di suo fosse fuori discussione. Aveva anche tentato di proporgli di aiutarlo al drink store. Da ragazza era la più bella della scuola e ancora adesso faceva girare la testa agli uomini. Belluno le pareva la terra promessa e poter vendere i distillati ai turisti le era sembrata una prospettiva appagante. Ma nemmeno su quello Riccardo si era dimostrato disponibile o anche solo aperto a considerare l'ipotesi.

Così, le era toccato rimanere a Rauch, dove la vita era più dura che da qualsiasi altra parte perché tutto era monotono e lei trascorreva le giornate aspettando che Marco rientrasse da scuola. Non la aiutava certo il fatto di venire dalla città, e poi non amava particolarmente lo sport. Magari, in quel caso, Rauch le avrebbe potuto offrire la meraviglia dei boschi, dei bianchi pendii innevati, delle pareti di roccia. Ma, appunto, non era quel tipo di donna.

Di tanto in tanto, andava al laghetto ghiacciato a guardare suo figlio giocare a hockey ma, quando succedeva, faceva in modo di non essere vista, perché altrimenti lui si sarebbe arrabbiato. E Anna non voleva che perdesse quella passione. Era un'autentica mania, a essere onesti. Lui e il suo amico Pietro si allenavano di continuo.

C'erano importanti squadre di hockey in Veneto, come la Sportivi Ghiaccio Cortina, l'Asiago Hockey 1935, l'Alleghe Hockey, società di grande tradizione; nessuna di queste garantiva un passaggio al professionismo, però potevano rappresentare un trampolino per essere selezionati da qualche team tedesco o svedese. Ma si trattava di una possibilità talmente lontana da risultare irreale.

Così, Anna aspettava sempre l'arrivo di qualcuno. Era così disperatamente in attesa che, quando suo marito o suo figlio tornavano, era quasi asfissiante. Non avrebbe voluto, ma quella era per lei l'unica cosa alla quale aggrapparsi. Almeno fin quando non aveva capito che non sarebbe servito a ridarle i giorni passati. Quelli nei quali lei e Riccardo erano stati felici.

A quel punto si era inventata un modo per sopravvivere. E lo aveva fatto fuori dal matrimonio. Ma quella era un'altra storia. Ciò che contava era lottare con tutte le proprie forze per non perdere anche il poco che le era rimasto.

A ogni modo, Riccardo adesso era a casa. Anna provò a intavolare una discussione. Sapeva che era sotto pressione per via del lavoro, così provò a evitare l'argomento. Forse l'hockey era una buona idea, avrebbero potuto parlare di Marco e, magari, lui sarebbe stato meno scontroso del solito.

«Hai visto quanto Marco è diventato veloce?», domandò. «Muove la stecca come se fosse un prolungamento del suo braccio».

Riccardo non si era aspettato un commento come quello. Il suo volto, segnato dalle occhiaie e dalla barba incolta, tradì sorpresa e un lampo attraversò i suoi occhi. «Ne abbiamo già parlato. Per quanto ami quel gioco, non ha possibilità. Non qui. E io non posso portarlo ogni giorno ad Alleghe per farlo vedere all'allenatore della squadra».

«Potrei farlo io».

«Ma se non ti vuole nemmeno a guardarlo!», replicò lui, non senza una punta di cattiveria.

«E infatti! Mi limiterei a dargli il passaggio. Poi potrei andarmi a bere qualcosa. C'è qualche negozio in più lì e non avrei problemi ad aspettare la fine dell'allenamento. A quel punto, potrei portarlo indietro».

Riccardo parve considerare l'ipotesi come se, dopo-tutto, non ci fosse niente di male. E in effetti, Anna non capiva quale controindicazione potesse esserci in quella sua richiesta.

«Ma come farebbe con la scuola?».

«Non ha neanche un'insufficienza».

«Questo è vero».

Anna sentiva che per la prima volta si stava aprendo uno spiraglio: sottile, impercettibile, eppure c'era.

Fu a quel punto che suonò il campanello.

Riccardo la fissò, come a chiedere chi potesse essere a quell'ora. Non aspettavano nessuno.

Anna gli restituì lo sguardo. Non ne aveva la più pallida idea. Quasi a volerlo rassicurare, disse: «Marco è di sopra».

Lui si alzò e andò ad aprire.

Sulla soglia c'era Carla Corona, la loro vicina di casa, e la sua espressione non prometteva niente di buono. «Riccardo», esordì, «perdonami se ti disturbo. Non credevo nemmeno di trovarti a casa, ma hai sentito che cos'è successo a scuola?».

«No», rispose lui, «ma ti prego, entra».

«Non vorrei…».

«Insisto, fuori si gela».

E così, un istante dopo, erano tutti e tre nell'ingresso.

«Carla», disse Anna, vedendola. «Cos'è accaduto?».

«Non sapete niente?», ricominciò lei, e i suoi occhi sembravano privi di luce.

«Sapere cosa?», domandò Riccardo, che si stava spazientendo.

«La professoressa Nicla Rossi».

Anna la guardò, presagendo qualcosa di terribile.

«L'hanno trovata morta nel bosco».

«Che cosa?», chiese Anna incredula.

«Qualcuno le ha cavato gli occhi».

7

La Delta

Non mancava molto, ormai. Ciononostante, il viaggio le era sembrato interminabile. Quel dottor Stella era così maledettamente controllato da darle sui nervi. Non che si fosse attesa qualcosa di diverso, ma ritrovarsi in auto un cinquantenne pedante come lui era oltre le sue peggiori aspettative.

Adesso però le cose sarebbero cambiate. La neve continuava a cadere e lei si sarebbe divertita. Aggrediva la strada di montagna, lasciando che il padreterno al suo fianco si tenesse le sue brillanti osservazioni. Courtney Love cantava *Violet*, la Delta Hf Integrale sollevava festoni di neve a ogni curva, e lei godeva a mandargli il respiro in gola ogni volta che poteva. La valle in cui stavano entrando era stretta e cupa, la parete nera della montagna da una parte e l'orrido dall'altra, con un salto di svariate decine di metri.

Alvise Stella non proferiva verbo e, dopo un po', l'unica voce che si sentiva era quella calda e profonda di Scott Weiland, frontman degli Stone Temple Pilots. *Interstate Love Song* usciva morbida dalle casse, con le sue chitarre avvolgenti, e le conciliava le traiettorie in curva.

«Dove hai imparato a guidare così?».

«Mio padre è stato un pilota di rally», replicò lei, come se quel fatto potesse spiegare tutto.

«Accidenti».

«Quest'auto è la sua eredità».

«È...», fece per dire il dottore.

«No, no», lo anticipò Zoe, «si è solo ritirato dalle corse. Con il tempo si era comprato un paio di macchine e questa è quella che ha voluto lasciare a me, tutto qua».

Aveva risposto troppo in fretta, pensò Alvise. Insomma, lui non voleva insinuare che il padre di Zoe fosse morto, ma lei l'aveva subito inteso a quel modo. Quindi qualcosa doveva essere accaduto. Non era uno psicologo, ma un attento osservatore, quello certamente sì.

La neve cadeva abbondante. Il cielo era scuro e non si vedeva nulla. Come quella giovane ispettrice potesse guidare in quel modo per lui rimaneva un mistero, anche se essere figlia di un pilota di sicuro aiutava. Non riprese la conversazione perché era troppo impegnato a raccomandarsi l'anima a Dio. D'altra parte, l'ispettrice Tormen sembrava sapere quel che faceva.

Vide di fronte a sé le cime innevate delle Alpi. E pensò che, benché non fossero le montagne più famose, le Dolomiti – che pure stavano per la gran parte proprio nella provincia di Belluno – avevano un loro fascino plumbeo. Di più: erano minacciosamente sublimi.

E poi in quel luogo sperduto c'era qualcosa di primitivo e ancestrale, che se da un lato gli metteva i brividi, dall'altro lo teneva avvinto a quelle visioni aspre e forti. Pareva che l'uomo non fosse riuscito a scalfire quei luoghi, e in quell'angolo estremo del Veneto si respirava un soffio autentico d'eterno, poiché, ne era convinto, le pareti delle Alpi erano un inno di pietra al cielo.

Provava perciò paura e meraviglia.

Con l'ennesimo rombo di tuono, la Delta divorò il nuovo tornante. Quell'auto era semplicemente pazzesca, doveva concederlo. Pareva una belva impazzita. Scodava in maniera esagerata e i fari affettavano l'oscurità, ma Zoe manteneva il perfetto controllo della strada. Lui non riusciva a rilassarsi, anche se la situazione era migliorata.

Fu comunque con un certo sollievo che il dottor Stella notò, seppure impercettibilmente, il cartello che annunciava il paese di Rauch.

«Dove alloggiamo?», domandò, nel tentativo di spezzare quella tortura fatta di motore da oltre duecento cavalli e musica grunge. Ecco il nome che non gli veniva in mente e che stava cercando dall'inizio di quel viaggio: grunge!

«Alla Locanda dei Sette Corvi».

«Ah», fu tutto quello che gli uscì di bocca. Poi, si riebbe. «Benaugurante».

«Già».

«Immagino non vi sia un'ampia scelta».

«No, davvero».

«Faremo di necessità virtù».

Per tutta risposta, Zoe si lanciò nell'ennesima curva, lasciando pattinare l'auto. Controsterzò in modo perfetto e la Delta si produsse nell'ennesimo colpo di coda.

Con la cintura allacciata e lo schienale che gli arrecava un gran fastidio, il dottor Stella si augurò di arrivare al più presto.

La neve cadeva ormai talmente fitta che di lì a poco anche quell'auto infernale avrebbe avuto i suoi problemi.

8
La locanda

La locanda sembrava uscita da uno di quei libri di fiabe. La donna che li accolse pareva avere cent'anni, ma gli occhi blu erano talmente profondi da risucchiare lo sguardo. Zoe si presentò e il dottor Stella fece altrettanto.

«Sono Rauna», disse la locandiera. Nella mano teneva un candelabro a cinque bracci. «E vi do il benvenuto», continuò. «Fuori si gela e il fuoco vi darà conforto». Senza aggiungere altro, condusse i suoi due ospiti per una grande sala.

Il pavimento era in marmo a scacchi bianchi e rossi. Al centro dominava un grande *foghèr* bellunese, un antico focolare. Il soffitto era con le travi a vista. Paioli in rame ne pendevano in gran numero e il lumeggiare del fuoco accendeva sulle superfici rosse dei calderoni riflessi sanguigni. I mobili in legno erano anneriti dal tempo e dal fumo. Alcune panche munite di schienale correvano attorno al grande camino centrale.

«Sedetevi», disse Rauna, indicandole. «Porterò i vostri bagagli nelle stanze».

Il dottor Stella fece per impedirglielo, proferendo in tono perentorio: «Posso tranquillamente farlo...», ma la locandiera brandì il candelabro quasi fosse una spada fiammeggiante, poi con il braccio libero fece un ampio gesto, tracciando un arco nell'aria. «Non alzatevi», disse, e la voce le uscì come un ruggito sommesso, tanto che il medico legale trasalì. «Sono una donna più forte di quanto sembri. E poi il vostro bagaglio è molto leggero».

Zoe, colta di sorpresa e quasi sbigottita, come se da quella donna si sprigionasse un'energia invisibile, un'aura impalpabile, rimase dov'era. Su una griglia sfrigolavano un paio di braciole di maiale, e poi salsicce, un pollo e fette di polenta abbrustolita. L'odore era a dir poco invitante e lei non mangiava dalla mattina.

«Servitevi», li invitò Rauna, e la sua voce parve perdersi, mentre scompariva al piano di sopra.

Su una credenza, Zoe scorse una bottiglia di vino che sembrava provenire da un'altra epoca. Aveva una forma insolitamente panciuta e il tappo era sigillato con la ceralacca. Un cavatappi arrugginito era a portata di mano, e il dottore non si fece pregare. L'anziana locandiera aveva preparato tutto. C'erano anche dei calici in cristallo.

«Farò meglio a obbedire», disse il medico, «quella donna non mi pare ammettere repliche».

«Proprio per nulla», rispose Zoe, che stava allungando le mani sulle fiamme per scaldarsi. «Tanto vale mangiare».

«Ce n'è per un reggimento», osservò il dottor Stella.

Stappò la bottiglia, versando il vino nei calici: era rosso, forte e denso come il sangue. «È un Amarone», constatò, tradendo per la prima volta un moto di soddisfazione.

«Il rosso migliore al mondo», replicò Zoe.

«Su questo siamo senz'altro d'accordo».

L'ispettrice divise e dispose la carne e un paio di fette di polenta su due piatti in peltro.

Rimasero a mangiare tra i fumi del camino, guardando di tanto in tanto verso la porta per vedere se la locandiera fosse riapparsa.

Non accadde.

«Dove siamo capitati?», si chiese Alvise.

«Fuori nevica ancora», disse Zoe. «Per quel che mi riguarda, questo posto è caldo, il cibo è buono, il vino favoloso e, meteo permettendo, domattina all'alba dobbiamo cominciare le indagini. Non possiamo aspettare».

Dietro i vetri delle finestre i fiocchi cadevano in turbini furiosi. Un vento spietato li faceva mulinare tutt'attorno.

«Siete venuti per la ragazza uccisa, non è vero?», domandò una voce all'improvviso.

Zoe riconobbe Rauna. Immediatamente ne distinse gli occhi. Sfavillavano illuminati dalla luce del focolare. Per il resto, la figura della donna pareva avvolta nel buio. C'era qualcosa in lei che metteva i brividi. Sembrava scivolare nelle tenebre, quasi fosse una creatura soprannaturale. Compariva all'improvviso.

A ogni modo, cercò di non farsi impressionare. «Proprio così», rispose.

«L'hanno trovata nel bosco. Senza occhi», mormorò ancora la locandiera, quasi stesse pensando fra sé e sé.

«E lei come lo sa?», domandò l'ispettrice.

«Ne parlano tutti, qui a Rauch. Nicla era una professoressa della scuola».

«E come mai si trovava nel bosco?».

«Questo deve scoprirlo lei», replicò la donna.

«Ci proveremo», osservò il dottore.

La vecchia locandiera scosse la testa, come se avesse appena parlato un bambino.

«Sapete come si chiama quel focolare attorno al quale siete seduti?».

«Foghèr», rispose pronta Zoe. «Il dottor Stella non è di queste zone», completò, quasi a volerlo giustificare.

«Sono di Padova», aggiunse il medico legale.

Rauna annuì. «E quella?», domandò, indicando la pietra al centro del focolare.

«Il *larìn*», replicò ancora l'ispettrice Tormen. «Quella è la *nàpa*», proseguì, facendo cenno alla grande cappa, abbellita da ricami, «e sediamo sulla *banca*», concluse, battendo i palmi delle mani sulla panca che circondava il fuoco.

«Brava», concluse Rauna. «Chi le ha insegnato?».

«Con i miei nonni ci sedevamo sempre attorno al foghèr».

«A far cosa?».

«Mi raccontavano leggende come quella della Sella del Principe, delle Torri del Vajolet o del cavaliere del Monte Cristallo».

«Leggende, storie magiche», ribadì Rauna, annuendo.

«Per l'appunto».

«Rimanete qui fin quando volete», concluse la locandiera. Il suo sguardo parve, d'improvviso, farsi assente. «Magari troverete delle storie da raccontarvi».

«Senz'altro», disse il dottor Stella, che pareva in qualche modo contrariato da quella donna.

«Non sottovalutate il loro potere», sottolineò Rauna.

Ciò detto, scomparve nell'oscurità. Zoe e il dottor Stella udirono solo i suoi passi su per la scala.

L'ispettrice pensò che ci fosse qualcosa di sinistro in quel saluto, come se vi si celasse una minaccia.

Prese il calice e lo vuotò.

Rimase a guardare le fiamme del focolare. Il loro guizzare improvviso le ricordava qualcosa che molto tempo prima era accaduto a suo padre.

9

Ricordi

Le fiamme stavano divorando l'auto. Ardevano crepitanti. Zoe non aveva idea di come fosse potuto succedere. Un istante prima stava dando indicazioni, un istante dopo aveva girato due volte su sé stessa e si era ritrovata con la portiera che si accartocciava contro l'asfalto, le scintille che esplodevano in una cascata luminescente.

Da dietro il velo di sangue che le offuscava la vista, distingueva le fiamme ingrandirsi e percepì l'odore pungente di benzina. Il fuoco aveva cominciato a propagarsi dal retro della macchina fino ai sedili e minacciava di inghiottirla da un momento all'altro.

Sentiva un pugno nella bocca, qualcosa che le impediva di respirare. Tossì. Vomitò una sorta di bolo sanguinolento. Ora respirava. Ma il fuoco non accennava a fermarsi. La benzina doveva essere fuoriuscita dall'auto, incendiandosi.

Voltò lo sguardo, ma non vide suo padre.

Fu all'improvviso che udì la portiera cedere di schianto, per poi vederla scomparire. Pareva che un gigante l'avesse strappata da dove si trovava. Apparve il volto di suo padre, coperto di sangue. Brandiva una sbarra nera. Poi, come un animale mitologico, penetrò nella Lancia Delta. Zoe sentì le sue mani tastarle il corpo.

«Hai qualcosa di rotto?», mugugnò. La sua voce era sporca, colma di ruggine e terra.

«No», rispose Zoe.

Lui la estrasse con delicatezza ma in modo fulmineo. Prima che fosse troppo tardi.

Zoe si ritrovò fra le sue braccia e, in modo del tutto istintivo, si rannicchiò, come a cercare sollievo dalla paura che l'aveva azzannata e sembrava non volerla più lasciare. Poi si sentì andare giù.

Suo padre era finito in ginocchio.

«Zoe?». Una voce arrivò da lontano.

Lei tenne gli occhi sulle fiamme.

Suo padre scomparve fra le lingue di fuoco.

«Ispettrice Tormen?».

Si guardò attorno. Riconobbe il dottor Alvise Stella, la sala del foghèr, il soffitto con le travi a vista, i paioli di rame.

Si riebbe.

Di nuovo il fiume incandescente dei ricordi.

Una donna uccisa barbaramente.

«Va tutto bene?», le domandò il medico legale.

Pronunciò un sì ma in modo troppo veloce, quasi a voler mascherare una debolezza.

Il dottore fu così buono, o intelligente, da lasciar correre. Stette al suo gioco.

Gliene fu grata. «Dobbiamo risolvere questo caso», disse lei a entrambi.

«Siamo qui per questo».

«Se solo smettesse di nevicare», aggiunse Zoe.

Era vero. Oltre il vetro, i fiocchi cadevano talmente fitti che non si sarebbe visto a un metro di distanza.

«La neve non potrà cadere per sempre», replicò lui.

«Già».

«Credo che andrò a dormire. Sali anche tu?».

«Rimango ancora un po' qui», rispose Zoe. «Vicino al fuoco».

«D'accordo».

E senza aggiungere altro, il dottor Stella si alzò, facendole un cenno di saluto con il capo.

Lei gli concesse un sorriso, ancora riconoscente per quella sua discrezione.

Forse, malgrado un inizio difficile, avrebbero perfino potuto diventare amici, o magari qualcosa che ci andasse vicino.

Lui guadagnò la porta.

Zoe tornò a osservare le fiamme, ricacciando indietro i ricordi. Ogni volta che riaffiorava il passato, il suo cuore si spezzava. E lei non ne aveva bisogno. La sua concentrazione, ora, doveva essere tutta per l'indagine che si apprestava a condurre.

Nient'altro doveva distogliere la sua attenzione.

10
Autopsia

«Ci hanno informato del vostro arrivo. Abbiamo fatto preparare il corpo». L'agente della polizia locale Niccolò Dal Farra non perse tempo. Zoe e Alvise si erano presentati davanti a lui all'alba.

Avevano parlato del delitto. Di chi fosse la vittima. Del suo essere una donna attenta e premurosa, un'insegnante modello. Nessuno sapeva cosa l'avesse spinta nel bosco durante l'orario delle lezioni.

«Dove si trova?», domandò il medico legale.

«Non in un obitorio, se è questa la domanda. Non lo abbiamo. Seguitemi», si sentì rispondere.

Uscirono dalla minuscola stazione di polizia. Fuori, la neve era alta. Ma perlomeno un timido sole illuminava di un pallore febbrile il paese. Un odore di legna bruciata inaspriva l'aria.

Se non si fosse trovata là per quel motivo, Zoe non avrebbe mai immaginato che in quel luogo fosse morta una donna. E in quel modo. Probabilmente uccisa da un killer. Era come se la neve mettesse tutto a tacere. C'era una bellezza antica in quel paesaggio fatto di gelo, luce, legno e pietra.

Mentre seguivano l'agente, s'avvidero che, discosto dall'abitato, se ne stava una sorta di vecchio fienile. Pareva una cattedrale al centro d'un campo ammantato di bianco.

Camminarono in quella direzione.

Di lì a poco, videro l'agente sollevare una sbarra di legno e aprire i due grandi battenti.

«È qui dentro», disse loro, a conferma di quanto Zoe stava pensando.

Qualche istante più tardi, entrarono in uno spazio ampio e ben illuminato dalla prima luce del sole, grazie a una doppia vetrata: quella che sostituiva il tetto quasi per intero e quella di fronte all'avvallamento che terminava con il paese sotto di loro.

Su un grande tavolo d'acciaio giaceva un cadavere, coperto da un lenzuolo bianco.

«Qui non vi disturberà nessuno», disse l'agente. Mostrò loro dove si trovavano gli interruttori, accendendo delle lampade al neon. Senza aggiungere altro, fece per andarsene. Poi si fermò, chiosando: «Vi posso garantire che non è un bello spettacolo».

A quel punto uscì, quasi che rimanere più a lungo in quel luogo gli procurasse un dolore fisico.

«Fa un freddo polare», disse Zoe.

«È la cosa migliore, in questo modo il cadavere si conserva», replicò il dottor Stella, il quale si era messo subito al lavoro, liberandosi della giacca a vento e della felpa in pile, e indossando un grembiule, una mascherina, dei guanti in lattice.

Aprì la valigetta che aveva destato l'attenzione di Zoe il pomeriggio precedente. Conteneva un vero e proprio arsenale di lame e strumenti: un coltello per amputazione, una coppia di divaricatori manuali, una sega ad arco, un martello Bergmann, una serie di aghi chirurgici per sutura, un paio di cesoie, pinze anatomiche, bicchieri graduati e provette. L'acciaio e il vetro scintillavano. La luce dei neon scivolava, fredda, sulle pieghe candide del lenzuolo che copriva il cadavere.

Il dottor Stella sollevò il telo bianco con un gran gesto teatrale, quasi fosse un prestigiatore o il presentatore di un'attrazione circense.

Zoe capì che a quel punto doveva solamente guardare. Il medico legale era nel suo elemento.

La prima cosa che la colpì fu il gran numero di ferite che andavano a tempestare la pelle d'alabastro della donna. E non solo. Sembrava che centinaia di punte di coltello l'avessero colpita, disegnando su di lei una seconda epidermide di macchie nere, abrasioni violacee, fori incrostati di sangue. Non solo. Zoe vide con orrore che, a tratti, non solo la pelle ma anche la carne veniva a mancare, e la povera vittima era ridotta a brani in alcuni punti.

Era una visione raccapricciante.

Se ne fu sconvolto, il dottor Stella non lo diede a vedere.

Anzi, non appena parlò, la sua voce risultò limpida e ferma. «A un primo esame», esordì, «rilevo un numero variabile fra le quattro e le cinquecento ferite su tutto il corpo. Sono di piccole e medie dimensioni, dovute con ogni probabilità ai ripetuti colpi di becco dei corvi. È normale che avvenga, quando il cadavere rimane per un certo tempo abbandonato in un bosco. I necrofagi sono soliti avventarsi sui corpi, specie se hanno l'opportunità di farlo indisturbati. L'azione, però, è stata lungamente insistita e risulta di impressionante violenza. Ma, per quanto cruda e orribile, non sembra essere stata la causa della morte».

«Ne sei sicuro?», si trovò a chiedere Zoe, che non riuscì a trattenere la domanda.

Il dottor Stella annuì e, tenendo gli occhi sulla vittima, proseguì: «Sono mangiatori di morte, necrofagi. Attaccano il cadavere, la carcassa, non certo la vittima ancora viva. Ma c'è dell'altro», continuò. «Anzitutto, la caviglia».

Zoe guardò il punto indicato dal medico legale. Era vero. Il collo del piede destro era almeno due volte il sinistro.

«Se l'è storta, non c'è dubbio», continuò il dottor Stella, annuendo. «Si è procurata una distorsione, e anche piuttosto grave, a quel che vedo. Con una caviglia in queste condizioni, dubito che potesse andare lontano. Ha messo un piede in fallo. Come mai?».

«Qualcuno la inseguiva», rispose Zoe. Non aveva ragionato. Aveva parlato in modo puramente istintivo.

«Forse».

«O magari è stata sorpresa da qualcosa, ha perso l'equilibrio e il piede le è scattato all'interno».

«È possibile».

«E a quel punto faceva fatica a muoversi», continuò

Zoe, come se stesse provando a ricostruire la scena, «specie in un bosco scosceso, con avvallamenti e precipizi, come quello ai cui margini è stata trovata».

«Precisamente». Ora il dottor Stella la guardava come se stesse comprendendo per la prima volta quale poteva essere il suo valore aggiunto in una situazione come quella, il motivo per il quale il commissario Casagrande della polizia di Belluno l'avesse scelta per quell'investigazione.

«E riguardo agli occhi?».

«Questo è il vero nodo».

«Perché in base a quanto hai detto, sarei propensa a credere che siano stati i necrofagi a mangiarglieli. Dopotutto, sono famosi per questo. Da qualche parte devo aver appreso che lo fanno perché gli occhi sono una delle parti molli del corpo e perciò fra le più facili da strappare e divorare. In un certo senso, la più deliziosa, per loro».

«È naturalmente un'ipotesi, e assai sensata. Ma tenderei a escluderla».

«E come mai?».

«Vedi questi segni sullo sfenoide?», domandò il dottor Stella, indicando l'osso insanguinato che si trovava al di sotto della cavità oculare. «Vedi questi graffi profondi?», chiese ancora, mostrando dei tagli impressionanti. «Non credo proprio che possa produrli un corvo. Sono troppo grandi ed estesi. No», ribadì, «proprio per niente». Fece una pausa. «Vuoi sapere quello che penso?».

«Provo a dirlo io».

«Sono tutto orecchi».

«Qualcuno ha sorpreso nel bosco la povera Nicla Rossi. E, in un modo o nell'altro, l'ha spaventata a morte. Al punto che lei è caduta, slogandosi una caviglia. Ha cercato di mettersi in salvo ma, con la gamba destra in quelle condizioni, l'assassino l'ha raggiunta facilmente. Ha fatto di lei ciò che ha voluto e, probabilmente con un coltello da caccia, le ha cavato gli occhi e l'ha uccisa. Poi l'ha lasciata lì e, prima che venisse trovata, i corvi hanno scempiato il suo corpo».

Il dottor Stella guardò Zoe. «È orribile».

«Come mai avrei creduto di vedere», concluse lei. «Ma vorrei aggiungere una cosa».

«Ti ascolto».

«Se le cose stessero così, allora svilupperei il ragionamento. L'assassino, chiunque egli sia, sembra conoscere molto bene questi uccelli. Pare quasi che voglia uccidere insieme a loro, dal momento che, con capacità quasi mimetiche, devasta le sue vittime, privandole degli occhi proprio come farebbero i corvi».

Il dottor Stella tacque. Infine annuì, con un cenno del capo. Lo sguardo tradiva una sorpresa crescente. «Non ne abbiamo la certezza, ma questo è esattamente quello che avevo in mente e l'hai esposto con grande chiarezza, come se avessi letto le mie sensazioni».

11
Caduto

Qualcosa pigolava in mezzo alla neve.

Lo faceva in modo così intimamente tormentato da lasciare Marco al margine del cortile, quasi non osasse scoprire di cosa si trattava. Eppure, provando a riscuotersi, il ragazzino mosse alcuni passi nella direzione dalla quale proveniva quel grido d'aiuto.

I suoi scarponi lasciarono orme nel bianco.

Udì il suono ovattato della neve, mentre avanzava. Per un istante riuscì ad attutire, quasi avvolgendolo, quel pigolio spezzato, così simile a un singhiozzare senza requie.

E infine eccolo lì: una minuscola pallina di piume, nera come il carbone, tanto più scura per quel naturale contrasto con il candore della neve. Piccolo, poco più che implume, intirizzito, un pullo di corvo si abbandonava a una litania di sincera disperazione.

Marco non gli toglieva gli occhi di dosso, ma non sapeva come raccoglierlo, né si decideva a farlo. Lo guardava come rapito, silenzioso, reso impotente dall'incubo della notte prima.

Era forse un nuovo segno?

«Hai intenzione di lasciarlo morire?», chiese una voce. La riconobbe.

Alzò lo sguardo e si ritrovò di fronte il volto di Pietro, suo inseparabile amico e vicino di casa. Lo osservava da sotto il berretto di lana. Gli occhi chiari, simili a pezzi di ghiaccio.

«Niente affatto», rispose lui e, a conferma, si tolse la sciarpa. La avvolse attorno al piccolo pullo piangente e sollevò il fagotto, tenendolo nel palmo delle mani.

Pietro lo fissò, quasi a volerlo provocare. «L'hai preso solo perché ti ho sfidato a farlo».

«No», replicò Marco, che ora, temendo che in un modo o nell'altro l'amico potesse mettere a nudo il suo segreto – l'incubo inconfessato della notte appena trascorsa – si affrettava a mostrarsi desideroso d'aiutare l'uccellino.

«Dev'essere caduto dal nido», continuò Pietro, imperterrito. «A causa della nevicata e del forte vento. Chissà dove sono i suoi genitori... Potrebbe essere l'unico sopravvissuto», concluse con un accenno di cupa inquietudine nella voce. «Non sembri in grado di occupartene», aggiunse. Ma non c'era cattiveria nel tono, solo una sorta di ineluttabilità solenne.

Gli occhi castani di Marco ebbero un lampo. «Non è vero», negò con un'ostinazione che non si sarebbe immaginato.

«Marco!», gridò qualcuno.

Era sua madre. Si era stretta nella giacca a vento e ora veniva verso lui e Pietro.

Ci mancava solo lei. E adesso? Come avrebbe fatto? Poteva forse confessare a sua madre l'incubo che aveva avuto la notte prima? No di certo! Non ci sarebbe stato modo migliore per essere deriso. Pietro sembrava non aspettare altro. Strinse ancora un po' il piccolo pullo che non smetteva di pigolare.

«Che cos'hai lì, fra le mani?», si sentì domandare.

Senza rispondere, lui si limitò a mostrare il fagotto che teneva stretto.

«Oh povero uccellino», disse lei. «Dove lo hai trovato?».

«Era qui, in mezzo alla neve», rispose Marco. E mentre pronunciava quelle parole, il terrore lo attanagliò, senza concedergli un attimo di tregua. Sentì il corpicino fremente di vita quasi scoppiargli fra le mani. Il cuoricino pulsava come un minuscolo tamburo, e lui non si riteneva all'altezza del compito che si stava preannunciando. E poi, l'immagine del corvo che lo aveva condotto allo stormo famelico non lo abbandonava e anzi pareva manifestarsi ancora una volta dinanzi a lui. Provò a scacciare quel pensiero.

«Ce ne prenderemo cura noi, non è vero?», lo incalzò sua madre.

Marco annuì, ma lo fece rimanendo in silenzio, come se anche solo parlarne potesse spezzare la piccola vita che palpitava fra le sue dita. Un'esistenza fragile, leggera, minuscola, e proprio per questo terrificante, perché in grado di spegnersi in un istante per molteplici, infinite ragioni.

«Lo mostreremo a tuo padre e vedrai che insieme troveremo il modo per rimetterlo in sesto».

Sì, certo, eccome. Se era quella la soluzione, di sicuro non ne sarebbero venuti a capo. Ma come poteva sua madre credere ancora a certe idiozie? Con ogni probabilità, Riccardo avrebbe rimproverato entrambi. Ma lasciò perdere, tanto a che serviva?

«Se volete, posso occuparmene io», insistette un'ultima volta Pietro.

«No!», esclamò Marco, e i suoi occhi s'infiammarono ancora. Portò l'uccellino pigolante al petto, quasi l'amico avesse voluto strapparglielo di mano. «L'ho trovato nel giardino di casa nostra», sottolineò, a beneficio suo e di sua madre.

«D'accordo, non volevo mica mancarti di rispetto», si affrettò a scusarsi Pietro che, dopotutto, a Marco voleva bene e non intendeva certo litigare con lui.

«Vedrai», disse sua madre, «sarai all'altezza di questo compito, non preoccuparti. Ora andiamo. Quel pullo ha già preso anche troppo freddo ed è un miracolo se non è ancora morto».

Così, senza aggiungere altro, Marco e sua madre rientrarono in casa.

Ma l'incertezza instillata da Pietro e le immagini nere dell'incubo stavano lavorando alacremente sull'animo tormentato del ragazzo.

12

A scuola

«Non dovete per nessun motivo allontanarvi dalla scuola», sentenziò con tono severo l'ispettrice di polizia.

La professoressa l'aveva presentata come tale, ma per Marco lo stupore fu enorme. Era giovane, aveva grandi occhi chiari e lunghi capelli castani. Alta e con le spalle larghe, indossava bizzarri jeans a zampa d'elefante, scarponi e un parka aperto su una camicia di flanella a scacchi rossi e neri.

Aveva anche un nome bizzarro, Zoe. Aveva visto un film qualche tempo prima, s'intitolava *Killing Zoe*. Raccontava la storia di una rapina che finiva in un massacro. Suo padre gli aveva proibito di guardarlo, ma lui l'aveva visto a casa di Pietro, che l'aveva registrato su una VHS.

La protagonista era Julie Delpy, un'attrice bellissima. Ma quella ispettrice era anche meglio.

Se non gli avessero detto chi era, l'avrebbe scambiata per una cantante di musica grunge.

«Purtroppo sapete tutti cos'è successo alla professoressa Rossi», continuò l'ispettrice. «Stiamo provando a capire chi sia il colpevole, ma ci vorrà del tempo. Per adesso, quindi, obbedirete ancora più di prima ai vostri insegnanti e non m'importa se non siete più bambini. Siete studenti di terza media, dopotutto. Rientrerete a casa solo quando verrà a prendervi un genitore, sono stata chiara?».

L'ispettrice aveva un modo di fare autorevole, il suo tono di voce era fermo e non ammetteva repliche.

Marco pensava al piccolo pullo e a sua mamma che, a casa, stava provando a sfamarlo con qualche pezzetto di carne macinata. Avevano letto che i corvi mangiavano qualsiasi cosa e, dal momento che l'uccellino pareva oltremodo debole, si erano risolti a sfamarlo in quel modo. Almeno per il momento.

Il benessere del pullo era diventato, incredibilmente, il suo problema più importante. Temeva il ritorno del grande corvo imperiale. Sapeva che presto o tardi sarebbe accaduto, e si era convinto che trattare bene il pullo – magari addirittura salvarlo – lo avrebbe aiutato a tenere lontano quell'uccello mostruoso.

Già. E se invece avesse fallito?

«Hai capito cos'ho detto?», domandò l'ispettrice.

«Marco?». Era la professoressa.

D'un tratto si rese conto che si rivolgevano a lui.

E adesso?

Provò a rispondere. Tanto, cos'aveva da perdere? Peggio di così non poteva proprio andare. «Rientreremo a casa solo quando un genitore verrà a prenderci», ripeté in tono diligente.

L'ispettrice lo guardò. In quegli occhi verdi, Marco vide un'infinita, spietata tristezza, ma anche qualcosa di buono. Un'increspatura dolce ne sciolse il gelo e lei annuì.

«Proprio così», confermò. «Come ti chiami?».

«Marco... Marco Donadon».

«Ho la sensazione che stessi pensando ad altro. Ma non importa, mi basta che ti sia chiaro quello che ho detto, ne va della tua vita. E lo stesso vale per voi, d'accordo?», domandò ancora una volta, rivolgendosi a tutta la classe.

Risposero in coro di sì.

L'ispettrice annuì di nuovo.

Poi li invitò a sedersi. Confabulò ancora per qualche istante con la professoressa di matematica. Infine, salutò e uscì.

Marco tirò un sospiro di sollievo. Non avrebbe saputo spiegarsene il motivo, ma aveva avuto la sensazione che l'ispettrice avesse compreso che nascondeva qualcosa.

Era dunque così trasparente? Al punto che una sconosciuta era in grado di accorgersi che qualcosa lo rodeva?

Be', certo, capire chi aveva davanti era il suo lavoro. Ma come aveva potuto leggergli dentro? Era impossibile.

Si ripeté che era solo una sua fissazione.

Quell'interrogativo, però, gli rimase per tutta la mattina e non lo lasciò più fino a sera.

13

Aggrapparsi a qualcosa

Zoe non aveva niente cui aggrapparsi.

Nicla Rossi era orfana. Non aveva figli e nemmeno un compagno. Se si fosse cercata la definizione di spettro, probabilmente sarebbe comparsa lei con il suo nome e cognome.

Il dottor Stella aveva lavorato tutto il giorno. Dopo quanto si erano detti, aveva condotto altre verifiche e osservazioni sul cadavere di quella povera donna, ma non era giunto ad alcuna nuova conclusione.

Le ore passavano. Zoe era stata a scuola per avvertire gli studenti.

Fine della storia.

Come se non bastasse, qualsiasi traccia possibile era stata rimossa dal luogo del delitto grazie alla nevicata. Inoltre l'agente di polizia assegnato a Rauch aveva ben pensato di spostare il corpo. Certo, era pur vero che, se non lo avesse fatto, forse lei e il dottor Stella non lo avrebbero nemmeno avuto, quel corpo, perché una cosa era certa: i corvi avevano fame. Al punto che ne avevano divorato interi pezzi. Senza contare che, insieme a loro, sarebbero potuti arrivare predatori più grossi. I lupi sembravano scomparsi dal Veneto e dalle Alpi, sterminati dagli uomini, ma non era da escludere che branchi provenienti dalla Slovenia si avventurassero fino a lì in cerca di prede. E poi c'erano i mustelidi: faine, donnole, martore. Sospirò. Lei e il medico legale non avevano niente in mano, tranne il fatto che, da qualche parte, un cacciatore di esseri umani aspettava nell'ombra. Non appena avessero abbassato la guardia, avrebbe colpito ancora.

Ma poi, che diavolo andava farneticando? C'era poco da abbassare, tutto si riduceva a ipotesi. Completamente prive di riscontri, per giunta.

Aveva ottenuto di ispezionare la casa. Ne aveva fatto richiesta la mattina stessa, e l'autorizzazione era arrivata nel pomeriggio via fax. Se non altro, il commissario Casagrande era stato puntuale. Sperava di trovare qualcosa.

Mentre si avvicinava alla bifamiliare, nelle cuffie del walkman Chris Robinson cantava di sepolture e cortili. The Black Crowes era una fra le sue band preferite e quella canzone – *Black Moon Creeping* – pareva particolarmente adatta a quello che si apprestava a fare.

«Non è come credete voi, non è così semplice», li ammonì Riccardo. «Quel pullo ha bisogno di ben altro che di qualche pezzetto di carne cruda».

«Grazie tante per l'incoraggiamento, così non aiuti», rispose Anna, che stava cominciando a perdere la pazienza. «Cosa dovevamo fare, lasciarlo nella neve?».

«Non ho detto questo!».

Anna non voleva crederci. Perché ogni volta che prendeva una decisione, lui doveva smontarla in quel modo? Senza contare che, quando si comportava così, lei si convinceva ancora di più delle proprie idee e si arroccava sulle sue posizioni. A quel punto, avrebbe fatto qualsiasi cosa pur di dimostrargli che si sbagliava. Diventava un fatto personale. Riccardo le aveva tolto tutto, e lei non intendeva lasciargli anche quello. Il pullo sarebbe stato bene. Lo aveva promesso a Marco.

Lo aveva nutrito con attenzione per tutto il giorno. Quello strillava di continuo dal cantuccio caldo in cui lo aveva sistemato, e lei gli aveva dato acqua e carne. Aveva provato a coccolarlo, accarezzandogli le piume e rimediando più di qualche colpo di becco, che pungeva come uno spillo. Era piccolo, forte e affilato. Non se lo sarebbe mai aspettato, non in quel modo, perlomeno.

Marco l'aveva aiutata, non appena era rientrato da scuola. Era andata lei a prenderlo dopo che la polizia aveva stabilito quella nuova regola, in seguito alla morte della povera Nicla Rossi.

E ora era lì che la fissava con gli occhi fuori dalle orbite.

Anna non riusciva a capire che cosa tormentasse suo figlio, ma lo vedeva preoccupato. Aveva la sensazione che la causa non risiedesse in quanto accaduto a Nicla. E nemmeno nel fatto che, molto probabilmente, un assassino si annidava a Rauch e aspettava solo il momento adatto per colpire di nuovo. No, niente affatto. La ragione di quell'ansia era frutto del precario stato di salute del pullo. Le parve però che Marco stesse prendendo la faccenda un po' troppo sul serio. Insomma, nessuno intendeva sminuirne l'importanza, ma dopotutto che altro dovevano fare per quella povera creatura?

«Portami l'acqua», chiese gentilmente a suo figlio.

Marco obbedì. Tornò con il flacone.

Lei prese la siringa, facendo stillare un paio di gocce nel becco spalancato dell'uccellino.

Riccardo la guardava, scettico.

In quel momento, lo odiava. Sapeva cosa gli passava per la mente, e il fatto che non avesse intenzione di tacere, ritenendo di dover esprimere a ogni costo il suo disappunto, non la aiutava di certo.

«Stai sbagliando», la redarguì lui, ancora una volta.

«Perché tu, invece, sai esattamente come procedere, non è vero?».

Riccardo sbuffò. Aveva quell'atteggiamento insopportabile di chi è convinto di essere sempre nel giusto. «Magari i suoi genitori non erano affatto morti. Magari era appena caduto dal nido e prima o poi lo avrebbero salvato».

«Oh, papà, ma perché devi farci sentire in colpa, adesso?», sbottò Marco, che evidentemente non ce la faceva più. «A cosa serve essere negativi?».

«Non sono negativo. Credo siate ancora in tempo per riportarlo dov'era», replicò lui, prendendo una bottiglia di birra dal frigo. La appoggiò al ripiano del tavolo, inclinandola, poi con un colpo secco della mano libera fece saltare il tappo a corona.

«Quante volte ti ho ripetuto di non aprire le bottiglie in quel modo?».

«Perché, che problema ti crea?».

Anna scosse la testa. «Comunque, quello che dici non ha senso», insistette.

A quel punto, Riccardo alzò le mani. «D'accordo, me ne vado, così non dovrete sopportare la mia presenza».

«E dove vai?», chiese Marco.

«Da Giovanni. A bere qualcosa».

«Ma hai già da bere», rispose suo figlio.

«Ecco, bravo, vai pure, lasciaci qui da soli, è quello che sai fare meglio», concluse Anna, al colmo della frustrazione.

Riccardo preferì non rispondere. Guardando il suo volto, lei capì che doveva essere arrabbiato. Aveva aggrottato le sopracciglia e si era formata quella grande ruga verticale che gli segnava la fronte. Accadeva sempre quando se la prendeva per qualcosa.

A ogni modo di lì a poco la porta di casa si aprì e, un istante dopo, lei e Marco rimasero soli.

«Eccoci qua», disse Anna. «Io e te. Come al solito». Mentre concludeva la frase cercava di dare un minuscolo pezzetto di carne cruda al pullo. Il piccolo mangiava voracemente.

Marco aveva uno sguardo strano.

«Che cos'hai?», gli domandò lei. «È da quando abbiamo preso questo povero uccellino che hai quella faccia da funerale».

«Ho un brutto presentimento», rispose lui.

«E perché mai?».

«E se poi muore?».

«Non morirà».

«Ma se dovesse accadere, nonostante tutti i nostri sforzi?».

«Allora, avremo fatto tutto quello che potevamo per evitarlo», replicò lei, alzando il tono di voce. Cominciava a sentirsi esasperata.

«E se non bastasse ancora?».

«In che senso?».

Marco rimase a guardarla, inespressivo. Poi, i suoi occhi andarono alla finestra. La luce si stava affievolendo, e presto sarebbe stato buio. La neve sembrava livida nel chiarore freddo. C'era qualcosa di inquietante e preoccupante in quella scena, tanto che Anna temette che il figlio stesse male.

«Se qualcosa o qualcuno dovesse arrabbiarsi e desiderare vendetta?», domandò Marco. Lo disse con lentezza, scandendo le parole, che parvero comporre una sentenza nella sua bocca. E per quanto prive di peso e contorni, quelle semplici parole ebbero il potere di diffondere un senso di paura e angoscia nella casa.

«E che cosa potrebbe mai accadere più di quanto non sia già avvenuto, Marco? Hai paura per quello che è successo alla povera professoressa Rossi, lo capisco, è del tutto naturale. Ce l'ho anch'io. Ma non credo che vivere nel terrore sia la soluzione. Abbandonare quest'uccellino al proprio destino non risolverà i nostri problemi, non ti pare?».

«Forse».

«Ci sono io, amore mio», disse Anna, avvicinandosi al figlio e cingendolo in un abbraccio.

«E se noi due non fossimo abbastanza forti?».

«Faremo in modo di esserlo», rispose lei.

Marco sospirò.

Anna capì che non ne era affatto convinto. E mentre il pullo riprendeva a pigolare disperato, qualcosa la spaventò nell'intimo. Non era quella selvaggia richiesta d'aiuto che aveva qualcosa di spezzato e dolente, e nemmeno la luce plumbea che filtrava nella sala come bava di spettro, no, era il senso di impotenza che le parole di Marco sottendevano, come se una maledizione o un marchio invisibile li esponessero a una vendetta atroce dalla quale non si sarebbero mai salvati.

14
Storie

Non aveva alcuna voglia di chiudere gli occhi. Temeva di avere un nuovo incubo. Cercava di tenersi sveglio con la musica. Sperò che le grida di Dolores O'Riordan lo aiutassero, che il suo urlo spezzato di Banshee in *How* lo mantenesse presente a sé stesso.

Guardò l'ora sulla piccola sveglia del comodino. Le lancette erano fosforescenti.

Era l'una di notte.

Fissò la finestra. Gli scuri erano chiusi, ne percepiva appena i contorni. Aveva la piccola luce da libro accesa. Gli piaceva leggere. Spense il walkman, tolse le cuffie e provò a immergersi nella storia. Era *Cujo* di Stephen King. L'autore americano era il suo scrittore preferito. Non sapeva perché, ma provava per le sue storie una fascinazione formidabile. Forse la vera ragione stava nel fatto che, leggendole, riusciva a percepire una paura autentica e quell'emozione, così seducente, così incontrollabile, lo faceva sentire più vivo che mai. Proprio come quando giocava a hockey insieme a Pietro, o anche da solo, le volte in cui capitava.

Sulla mensola della sua camera, stavano ben appoggiati tutti i libri di King tradotti in Italia fino a quel momento. O meglio, tutti quelli che lui era riuscito a procurarsi. Sapeva che mancavano alcuni titoli ma aveva implorato più volte suo padre di portargli le nuove uscite e, quando andava a Belluno, Riccardo se ne tornava spesso con un romanzo acquistato presso la libreria Tarantola.

Marco guardava spesso i dorsi dei volumi, e lo faceva come se stesse contemplando un vero e proprio tesoro: *Christine, la macchina infernale*; *Carrie, lo sguardo di Satana*; *L'incendiaria*; *L'ombra dello scorpione*; *Pet Semetary*; *L'occhio del male*; *La zona morta*; *La lunga marcia*; *Misery non deve morire*; e poi il più bello e terrificante: *It*.

Stavano tutti uno a fianco all'altro: i dorsi erano bianchi, il titolo e il nome dell'autore in nero. Semplici e inquietanti al tempo stesso. Quando li apriva, l'odore della colla quasi lo stordiva. Era dolce e penetrante, uguale a quello che il suo olfatto percepiva nell'istante in cui, ancora bambino, attaccava le figurine Panini all'album.

E ora stava leggendo *Cujo*. Che aveva in copertina il muso sbavante di un San Bernardo. Ne aveva già letto un centinaio di pagine e ne era entusiasta. Provava un terrore folle e, per certi aspetti, proseguire lo angosciava. Ma al tempo stesso non poteva farne a meno.

Si mise sotto le coperte con la luce da libro accesa. Complice il pigiama di flanella, sudava copiosamente, ma ciò rendeva la lettura ancora più esaltante. Perché, in un modo o nell'altro, restituiva tangibile l'inquietudine. Gli sembrava che da sotto il suo letto potesse uscire un mostro infernale da un momento all'altro, e si ostinava a sperare che le coperte potessero proteggerlo. E poi era convinto anche di un'altra cosa, la più importante, in realtà, e cioè che leggere Stephen King lo avrebbe aiutato a scongiurare il male. Fino a quando fosse riuscito a rimanere a Castle Rock, nel Maine, con Vic, Donna e Tad Trenton, e poi con Cujo e Joe Camber e tutti gli altri personaggi del libro, sentiva che non avrebbe avuto né tempo né possibilità di concentrarsi sulle sue paure, perché avrebbe vissuto quelle degli altri.

Certo, ritrovava qualcosa di quel che succedeva a lui, ma era quella la ragione per cui Stephen King gli piaceva così tanto. C'era una verità così manifesta, semplice e universale nelle sue storie da lasciarlo a bocca aperta. E poi, quando si perdeva in quelle pagine, aveva la sensazione che il romanzo fosse stato scritto apposta per lui. L'autore era in grado di rendere i personaggi così vivi e sinceri, grazie all'infinità di dettagli, che lui avrebbe potuto chiamarli per nome e, presto o tardi, era certo gli avrebbero risposto dal fondo della strada della sua abitazione.

Provava un senso d'affetto nei confronti di quelle persone e gli sarebbe piaciuto parlare con loro.

Non riusciva a capire come e perché, ma qualcosa di magico albergava in quelle storie, e anche se non sarebbe mai stato in grado di carpirne il segreto, si scopriva a divorare le pagine e a terminare quei libri apparentemente ponderosi e lunghissimi in tempi molto brevi. Insomma, leggere Stephen King era il modo migliore che conosceva per rimanere sveglio la notte.

Mentre leggeva di come Charity Camber fosse riuscita a convincere suo marito a lasciarla andare in visita a sua sorella Holly, portando con sé il figlio Brett e rimanendo via per una settimana, il sonno cominciò però a fare capolino. Sentiva le palpebre pesanti e, anche se la narrazione lo teneva avvinto, la stanchezza un po' alla volta ebbe ragione di lui.

Così chiuse gli occhi e, prima di quanto avrebbe voluto, sprofondò nel sonno. Senza rendersene conto, il libro gli cadde dalle mani. La piccola luce da lettura rimase accesa.

A quel punto, si ritrovò nel bagno di casa. Non aveva idea di come ci fosse finito. Doveva essere appena uscito dalla doccia perché lo specchio, pur appannato per via del vapore, gli restituì la sua immagine. Era completamente nudo. Osservò la pelle chiara, il petto magro e i muscoli allungati che guizzavano non appena contraeva le braccia.

Avrebbe dovuto penare per diventare più robusto, ma confidava negli allenamenti.

Con lo sguardo sulla superficie riflettente, percorse ogni centimetro del proprio corpo, come se volesse accertarsi che tutto fosse in ordine.

In apparenza tutto era a posto, con l'unica eccezione della gola. Gli sembrò di essere gonfio, anzi, a essere sinceri, lo era eccome. E infatti, più si guardava e più gli pareva che il collo andasse facendosi sempre più grande.

Gli si mozzò il fiato quando s'avvide che, sotto i suoi occhi, nel giro di pochi istanti gli si era formata sulla gola una gigantesca escrescenza, o meglio una vera e propria sacca di carne, un gozzo osceno che andava tingendosi di un grande livido blu.

Gli mancò il respiro e tossì, ormai sul punto di soffocare.

Ebbe un conato. Era il suo corpo che rifiutava di accettare quanto stava accadendo e tentava in qualche modo di proteggersi. Gli parve che qualcosa si stesse formando dentro di lui, occludendogli la gola.

Ebbe un secondo conato. Lo sforzo fu talmente intenso che provò la sensazione di rovesciare gli organi interni dentro al lavabo.

Ora la maiolica bianca era colma di uno schifoso liquido appiccicoso. Gli parve quasi che un animale avesse vomitato pezzi di cocomero marcio.

Accusò un dolore lancinante. E un istante dopo, qualcosa gli risalì la gola. Fu talmente rivoltante che pianse per via del male e della paura che lo attanagliava. Aveva gli occhi colmi di lacrime, il naso stillante muco, mentre un corpo si faceva strada fino alla bocca, riempiendogliela.

Vide che il gozzo accennava a sgonfiarsi e poi, in un ultimo, mostruoso conato, vomitò qualcosa e, mentre lo faceva, udì uno strillo immondo. Le gambe gli cedettero e si aggrappò al lavabo, abbracciandolo, così da reggersi in qualche modo.

Aveva il terrore di guardarvi dentro.

Ma qualcosa gli strappava le viscere e lo obbligava a farlo.

E poi vide.

In una pozza di bava nerastra giaceva un corpicino dal minuscolo ventre rigonfio, con ciuffi di piume bagnate.

Aveva due grandi occhi sporgenti. Infine, li aprì: erano di un intenso color blu.

Riconobbe il pullo di corvo.

Lo aveva appena partorito dalla bocca.

E lo stava guardando.

Urlò.

Si svegliò di soprassalto, fradicio di sudore.

15

Domande

Nella casa non aveva trovato niente di utile. A parte una foto.

Non c'erano segni di effrazione. Zoe aveva sperato di rinvenirne, nella vaga convinzione che l'aggressore di Nicla Rossi avesse tenuto d'occhio la professoressa da un po', magari introducendosi nell'abitazione di nascosto. In un caso precedente del quale s'era occupata, il maniaco aveva spiato la vittima già da qualche tempo, prima di ucciderla. E per farlo si era introdotto in casa sua.

A onor del vero, quello era stato l'unico delitto che potesse anche solo risultare paragonabile, per efferatezza, al caso di Nicla Rossi. Era quella la ragione che aveva spinto il commissario Casagrande a sceglierla. Al tempo, nella soluzione, lei aveva rivelato un certo intuito, risultato determinante.

E tuttavia, Zoe rimaneva convinta che si fosse trattato di semplice fortuna e nulla più. La qualità che si riconosceva era quella di non mollare mai, non l'intuito.

A ogni modo, segni di effrazione nella casa dell'insegnante non ve n'erano. E se anche ci fossero stati, lei non era stata abbastanza brava da trovarli. E nemmeno il dottor Stella, a dire il vero, che l'aveva accompagnata. Di quella faccenda dovevano occuparsi entrambi, quindi quattro occhi erano meglio di due.

Ma non erano bastati.

Zoe sperava che una chiacchierata con la preside della scuola potesse darle qualche informazione.

La stavano giusto aspettando nel suo studio. Sarebbe arrivata a breve, li aveva informati la segretaria.

Anche quel mattino, Alvise Stella era impeccabile. Indossava una giacca di velluto a coste e un paio di pantaloni di vigogna. I polacchini marrone con fibbia d'argento erano un vero tocco di classe. Dove diavolo tenesse quel suo infinito guardaroba rimaneva un mistero per Zoe, dato che, come aveva potuto constatare, il medico legale aveva con sé solo un'elegante borsa da viaggio. Comunque, c'era decisamente altro a cui pensare.

«Signori, buongiorno», disse la preside entrando.

«Ispettrice Zoe Tormen».

«Dottor Alvise Stella. È un piacere conoscerla», affermò il medico legale, subito affabile.

La donna davanti a loro non doveva aver superato i quaranta. Indossava un maglione a collo alto e dietro gli occhiali aveva occhi talmente chiari che il celeste delle iridi pareva sbiadito come quello di un vecchio *azulejo* portoghese.

«Cosa posso dirvi di utile?», domandò, andando subito al sodo e dimostrando un invidiabile senso pratico.

«Tutto quello che sa su Nicla Rossi», rispose Zoe.

«Ah be', capisco», replicò. Si sedette dietro la scrivania. «Vedo che vi siete già accomodati, molto bene. Ebbene, non c'è molto da dire. Era originaria di qui e non se n'era mai andata. Nemmeno per un giorno, a quanto ne so. Voleva rimanere separata dal mondo? Non ne ho idea, ma pareva trovarsi bene, questo ve lo posso garantire».

«Come mai ne è così sicura?».

«Perché non ho mai visto un'insegnante più diligente di lei. Era scrupolosa, attenta, sollecita. In dieci anni di lavoro, non un giorno d'assenza».

«Accidenti», disse il dottor Stella, sinceramente colpito.

«Proprio così. Un vero modello di efficienza».

«Aveva un fidanzato?», domandò Zoe.

«Non che io sappia».

«L'avrebbe definita una donna interessante?», continuò l'ispettrice.

«Di certo piaceva. Se qualcuno avrebbe potuto importunarla? Naturalmente sì. Ma, proprio per quella sua dedizione al lavoro, era incredibilmente discreta. Va anche detto che era talmente focalizzata sull'insegnamento che credo le rimanesse molto poco tempo da dedicare alla propria vita privata, non so se mi spiego».

«Si spiega benissimo».

La preside annuì. «Se posso essere sincera…».

«Deve», la esortò Zoe.

«Ebbene, ho sempre avuto la sensazione che intendesse condurre l'esistenza di una reclusa. Non fraintendetemi, prima vi ho detto che era felice di stare a Rauch. Ed è vero. O almeno lo è per me, per quello che ho potuto constatare. Ma mi ha sempre dato anche l'impressione di essere fuggita da qualcosa che intendeva dimenticare».

«Quindi in un certo senso amava Rauch perché la proteggeva da qualcosa».

«Per l'appunto».

«E dunque», sentenziò il dottor Stella, «è davvero una tragica fatalità che abbia trovato una morte terribile proprio qui».

«Sì, lo è», confermò la preside.

«D'altra parte, lei fa queste affermazioni sulla base di una sua sensazione, non c'è alcuna prova concreta».

Ancora una volta, la preside annuì. Poi aggiunse: «Insomma, a quanto ne so, non era sposata, non aveva fidanzati né figli e lavorava senza posa per la scuola».

«Amava andare nei boschi?».

«Non in modo particolare. Non ero a conoscenza di una sua speciale passione per le escursioni. Certo, le sarà capitato: per raccogliere le idee, trovare un attimo di pace, respirare l'aria buona, ma questo è quanto».

«Di sicuro, non lo avrebbe mai fatto in orario scolastico», continuò Zoe.

«Esatto», confermò la preside.

«Quando vi siete accorti che la professoressa mancava?».

«Un'ora dopo la ricreazione».

«Mi faccia capire», disse Zoe. «Dopo la ricreazione, non avrebbe dovuto fare lezione in classe?».

«Aveva un'ora buca».

«In che senso?».

«Mi scusi. A scuola, capita che gli insegnanti abbiano un'ora di pausa fra una lezione e l'altra», spiegò la preside.

«Capisco. E la ricreazione è alle undici e un quarto?», domandò Zoe.

«E termina alle undici e trenta».

«Quindi, vi siete accorti che la professoressa non c'era più, quando? Verso le dodici e trenta?».

«Dodici e trentacinque».

«E a quel punto?».

«Abbiamo chiamato a casa. Ma il telefono squillava a vuoto. Ho verificato che gli studenti della seconda A avessero avuto lezione con lei prima di ricreazione. E così era. A quel punto, ho capito che la professoressa era scomparsa...».

«In un orario che va dalle undici e un quarto fino alle dodici e trentacinque».

«È così».

«Potrebbe darsi che avesse visto allontanarsi un alunno?», domandò Alvise Stella.

«Questa è un'ipotesi molto sensata, dottore», disse la preside.

«Siete riusciti a verificarla?», domandò Zoe.

«Sì».

«E?».

«Non mancava nessuno».

«Non c'è stata alcuna segnalazione».

«No. Se uno dei ragazzi presenti fosse sparito nel corso

della ricreazione, al rientro in classe i suoi compagni lo avrebbero notato».

«E se l'alunno, o l'alunna, fosse stato assente?».

«In che senso?».

«Poniamo il caso che la professoressa Rossi avesse visto allontanarsi al momento della ricreazione un alunno che in realtà era assente».

La preside parve pensarci su. «In teoria è possibile», disse poi, «anche se dopo l'ingresso delle otto e mezza, il cancello della scuola rimane chiuso e qualsiasi entrata successiva viene registrata».

«D'accordo», disse Zoe. «A ogni modo, è un'ipotesi improbabile».

«Anche se non impossibile», concluse il dottor Stella.

16

Giorno per giorno

«Sta dormendo», lo rassicurò Anna.

Marco annuì. Non proferì verbo, forse temendo di svegliarlo. Lei ebbe l'impressione che la sola vista del merlo lo facesse soffrire, ma non volle insistere.

Il pullo, lungi dal pigolare come aveva fatto fino alla sera precedente, stranamente taceva. Stava riposando. Poteva anche accadere, dopotutto. Anzi, a voler essere sinceri fino in fondo, questo dava finalmente ad Anna un po' di tregua, dal momento che da quando il piccolo era entrato in casa, lei non aveva fatto altro che pensare al suo benessere, la maggior parte delle volte perdendo tantissimo tempo solo per provare a capire se si stesse riprendendo.

Mentre Marco faceva colazione, Riccardo afferrò il cappotto. Quel mattino partiva ancor prima del solito perché aveva diversi impegni a Belluno. Come sempre, Anna percepì la freddezza con la quale la salutò, ma era tale l'impegno che profondeva nell'accudire quel pullo, ormai onnipresente nei suoi pensieri, che quasi non vi fece caso.

«Ciao, campione», disse Riccardo, salutando Marco.

«Ciao, papà», rispose il ragazzo.

«Torna presto», disse Anna, più per abitudine che per convinzione.

«A stasera», la liquidò lui.

E un attimo dopo, era uscito.

Lei udì il motore dell'auto accendersi.

Andò alla finestra. Riccardo aveva avviato l'Audi Quattro. Non volse lo sguardo per vedere se lei si affacciava. Stava facendo retromarcia e il suo volto fissava il vialetto del giardino. La mattina precedente lo aveva ripulito dalla neve, perciò le parve che quel suo voler tenere gli occhi incollati altrove fosse un gesto deliberato, perfino ostentato, quasi a volerla far arrabbiare.

Non era un problema, pensò.

Se ne sarebbe pentito presto.

Mentre imboccava la strada per Belluno, Riccardo Donadon aveva molto su cui riflettere. Il suo matrimonio cadeva a pezzi e il lavoro era l'unica cosa che ancora lo teneva vivo. No, non era vero. Anche Marco era una ragione fondamentale per andare avanti ma, giorno per giorno, aveva la sensazione che si stesse allontanando. E non poteva fargliene un torto, dato che lui non c'era mai.

Avrebbe voluto essere più presente, ma sapeva che, anche volendo, non ci sarebbe riuscito. L'azienda cresceva, si ingrandiva, e Riccardo Donadon era l'unico che poteva e doveva seguirla in ogni passaggio: era una sua creatura. E proprio come una creatura, avida e spietata, divorava il suo tempo, le sue energie e qualsiasi briciolo di lucidità gli fosse ancora rimasto.

Certo, non era così obnubilato da non rendersi conto di aver perduto Anna. Era stata tutta colpa sua: l'aveva messa all'angolo, sottraendole qualsiasi autonomia. Tanto per cominciare, quella economica. Non lo aveva fatto scientemente, o meglio, dapprincipio l'idea era stata quella di darle un'esistenza agiata, in cui lei non dovesse alzare nemmeno un dito. Anna era una donna molto bella, dolce, gentile, e quando si erano messi insieme, lui quasi non ci credeva. Ora si rendeva conto che, proprio perché non si era mai sentito del tutto alla sua altezza, aveva cercato di costruirsi una superiorità, di qualunque tipo fosse. Quella professionale si era rivelata la scelta più giusta. Adesso ne era consapevole, ma non al tempo del matrimonio, anzi: il suo gettarsi nel lavoro, allora, era frutto di vero entusiasmo e della volontà di offrirle il meglio.

Ora però la faccenda era completamente diversa. Anno dopo anno, si era reso conto di avere finalmente qualcosa con cui controbilanciare la sfolgorante bellezza di lei. Da giovane, aveva sempre temuto che Anna potesse tradirlo. Eppure non era mai accaduto. E quel fatto, a voler essere sinceri, rimaneva un mistero.

Ma la libertà di poter vivere senza il bisogno di lavorare si era rivelata, alla lunga, una prigione. E Anna si era riempita di rancore. In verità, Riccardo era sinceramente convinto che per qualsiasi altra donna sarebbe stato un sogno: poter avere soldi da spendere e non doversi chiedere quando sarebbero finiti. E in effetti avevano continuato ad arrivare perché lui – che pure aveva ereditato da suo padre solo una modesta attività – era diventato un imprenditore di successo. Non erano certo miliardari, ma vivevano bene, in una bella villetta, e Anna si poteva permettere le marche migliori, e aveva scelto ogni singolo pezzo di quella casa usando una carta con linea di credito illimitata.

Ma a mano a mano che lui acquisiva fiducia in sé stesso e determinazione, confortato dai risultati imprenditoriali, lei andava ripiegandosi in un limbo di insoddisfazione e incertezze, come se non sapesse più chi fosse. E ora che lui sentiva di essere al culmine della propria ascesa, ora che era sul punto di concludere un magnifico accordo, in grado di catapultare la distilleria Donadon nel mercato d'oltreoceano, provava cocente il dolore della perdita. Un male tanto più grande perché maturato giorno dopo giorno, sotto i suoi occhi, senza che lui avesse fatto nulla per fermarlo. Anzi, scoprendo di essere stato il primo a nutrire quel desiderio, facendolo crescere così tanto da assassinare il loro amore.

La paura che sua moglie lo lasciasse era divenuta certezza. Poco importava che non se ne fosse mai andata fisicamente, perché, a ben vedere, era divenuta l'ombra della donna che era. Rimaneva sempre affascinante, certo, ma ormai priva di quella gioia di vivere e quell'entusiasmo che la rendevano scintillante ai suoi occhi.

Era diventata una donna fragile che attendeva il suo ritorno, che oscillava da uno stato d'animo al suo opposto, smarrita in quel lembo di monti che lui per primo non esitava ad abbandonare ogni mattina.

Sospirò. Era cosciente di ciò che erano diventati, eppure non aveva né tempo né voglia di provare a fare qualcosa. Si lasciava assorbire dal lavoro, senza pensare ad altro.

Quel mattino, se non altro, non nevicava. Il cielo aveva il colore dell'argento ossidato e non prometteva niente di buono ma, almeno per un po', il tempo avrebbe tenuto. Abbastanza da permettergli di arrivare a Belluno.

Mentre procedeva lungo i tornanti, premette il pulsante dell'autoradio. Con la manopola selezionò la stazione.

Quando trovò le informazioni meteo, ascoltò. Non si fidava troppo delle previsioni, ma erano sempre meglio di niente.

Il generale dell'aeronautica militare aveva una voce ferma e autorevole. A sentire lui, sarebbe perfino uscito un po' di sole.

17

Dischi e stecche

Pattinava a tutta velocità. Non aveva idea da dove gli venisse quel talento, ma lo aveva sempre avuto, fin da piccolo. Nessuno si sarebbe sognato di negare che era il miglior giocatore di hockey della scuola. Anche perché era vero. Con la stecca fra le mani poteva fare qualsiasi cosa. Be', quella, a voler essere onesti fino in fondo, era un'esagerazione, ma gli piaceva che i suoi compagni lo credessero, tanto più perché una simile convinzione gli dava il vantaggio di essere temuto.

Ed era una sensazione alla quale, proprio perché non abituato, non intendeva rinunciare.

Ma quel mattino, nemmeno la sua fama sarebbe bastata. Era distratto. La sua mente tornava continuamente al corvo che gli usciva dalla bocca, all'uccello generato dal parto della sua gola deformata. E se anche era consapevole che fosse solo un incubo, provava un dolore quasi fisico al volto, come se, dopotutto, l'orribile fantasia risultasse più reale di quanto era disposto ad ammettere.

Era una sensazione di malessere che lo rendeva febbricitante pur senza poter dirsi tale.

Quando ricevette il disco, ne ammortizzò l'impatto, piegandosi sulle gambe e domandolo con la stecca. Percepì subito che era più lento del solito. Ne ebbe la conferma quando, effettuato il passaggio a Pietro lanciandolo verso la porta avversaria, invece di schivare l'attacco del difensore – come quasi sempre gli riusciva – gli arrivò una gomitata grande quanto un camion contro il fianco.

La botta lo scaraventò sul ghiaccio.

Mentre finiva lungo disteso, maledì sé stesso.

Rimase lì per qualche istante. L'arbitro non fischiò. Figurarsi. Quel genere di contatti era la base stessa dell'hockey. E se non avesse saputo incassare le botte, tanto sarebbe valso darsi agli scacchi.

Michele, che malgrado l'età era grande quanto un fienile, aveva fatto il suo dovere e nessuno si sarebbe preoccupato di sanzionare il suo intervento. Se non era stato abbastanza veloce da evitarlo, come accadeva sempre, tanto peggio per lui. Michele, che dentro di sé gioiva per averlo centrato in pieno con tutta la sua stazza, gli mandò un segnale chiaro con il guantone, attraversando la gola con un movimento semicircolare del pollice, così da minacciare in modo inequivocabile le sue intenzioni.

Mentre il difensore si perdeva in simili gesti, Pietro, però, era davanti al portiere e, dopo averlo fatto sedere sul ghiaccio con una finta, scaraventò il disco in rete.

«Goal!», urlò, girando come una furia dietro la gabbia e ritrovandosi un istante dopo fra le braccia di Marco.

Anche gli altri suoi compagni arrivarono a battergli il pugno.

«E sono tre», disse Pietro, giusto per mandare un messaggio chiaro agli avversari. «Gran passaggio», disse a Marco. «Tutto bene?», aggiunse.

«Potrebbe andare meglio», fu la risposta.

«Sei lento, oggi, che succede?».

«Ho la testa per aria», rispose Marco. Non aveva nessuna voglia di raccontare i suoi ultimi due giorni. «Hai ragione tu, sono troppo lento. Devo svegliarmi». E, senza aggiungere altro, pattinò verso la propria porta. Mentre lo faceva, si ripromise di vendicarsi. Funzionava così, nell'hockey. Non importava quanto grosso fosse quello stronzo. Se gli avesse permesso di trattarlo in quel modo, magari anche gli altri avrebbero pensato di poterlo fare.

E non doveva accadere.

Un istante più tardi, la partita riprese.

Gli avversari tentarono un attacco, ma persero il disco nel giro di pochi secondi. A Marco bastò infilarsi dritto nello spazio fra Michele e Luigi. Intercettò il passaggio ma, invece di involarsi verso la gabbia avversaria, attese che il primo dei due lo seguisse. Mentre si portava dietro la propria porta, strizzò l'occhio a Pietro, il quale capì al volo.

Ripartì, pattinando a tutta velocità. Michele, in modo goffo, lo inseguì nel tentativo di fermarlo con ogni mezzo. Marco si liberò del disco, spedendolo sulla stecca di Pietro, poi si allargò di lato. Il grande difensore avversario si lanciò sul suo amico, il quale però ripassò il disco a Marco. Quindi, con una piroetta, si liberò di Michele e, infilandogli la stecca fra i pattini, lo mandò a cadere sul ghiaccio.

Marco, a quel punto, esplose un tiro micidiale. Il disco di plastica dura, indirizzato verso la porta, impattò sul ginocchio di Michele, il quale gridò di dolore, accartocciandosi sulla superficie gelida e deviando, suo malgrado, la traiettoria.

Così facendo, anche senza volerlo, salvò il proprio portiere dalla quarta rete di fila.

Rimase però steso sulla schiena come una gigantesca tartaruga sul suo guscio.

Marco alzò le mani, rivolgendo all'arbitro lo sguardo più innocente possibile. Quest'ultimo, a causa dell'azione fulminea, non aveva colto con chiarezza il colpo di Pietro. Tuttavia, chiamò il medico che si trovava sulla gradinata della tribuna di legno, a lato del piccolo laghetto ghiacciato che fungeva da stadio.

Con un po' di spray, il colosso fu di nuovo in piedi, ma non riuscì a proseguire la partita.

Marco pensò che quella sera, a casa, Michele avrebbe avuto sulla gamba un livido della dimensione di un melone. Non sarebbe stato in grado di camminare per una settimana, almeno. Magari, con un po' di sfortuna, gli sarebbe venuta anche una borsite.

Non gli sarebbe dispiaciuto.

18
Echi

Zoe rientrò nel tardo pomeriggio. Aveva trascorso la mattinata a interrogare i vicini di casa della professoressa Rossi, senza ricavarne nulla. Era abbastanza scorata: aveva la sensazione di trovarsi di fronte a un mistero, come se l'assassino avesse pensato a tutto e scelto con attenzione la propria vittima. Non c'era la benché minima ombra nella vita di Nicla Rossi. Se almeno vi fosse stato un fidanzato geloso o uno studente arrabbiato, magari adesso lei avrebbe avuto qualcosa in mano, una direzione nella quale cercare.

Invece, le pareva d'essere lontanissima anche solo dall'idea di una soluzione. Non aveva alcuna pista da seguire. Si trovava in un piccolo paese dalla natura incontaminata, bella e selvaggia. Se solo avesse potuto, ci si sarebbe trasferita immediatamente. Amava la sua terra – Belluno e le sue montagne magnifiche – e credeva che quel luogo le rendesse giustizia, poiché gli abitanti parevano vivere in armonia con l'ambiente e non il contrario, accettandone anche i ritmi e i capricci. Le abitazioni erano poche, sorgevano a una notevole distanza l'una dall'altra; il silenzio regnava sovrano, i picchi innevati guardavano dall'alto la piccola valle nella quale era adagiato il paese, ora ricoperto di una candida coltre. La cuspide del campanile della chiesa svettava sui tetti spioventi delle case dai muri in pietra grezza.

Entrò nella locanda.

Le fiamme ardevano gagliarde nel focolare.

Una scena che non vedeva da tempo le si palesò davanti agli occhi.

La vecchia Rauna aveva fra le mani un soffione in ottone e alimentava il fuoco, così da tenerlo sempre vivo. Le guance morbide si gonfiavano ed erano rosse come mele mature, per via del calore. Dosava con grande attenzione l'aria, mostrando una perizia straordinaria. Per un istante, Zoe pensò a suo nonno che nelle notti d'inverno ravvivava le fiamme.

Sorrise.

Le parve d'essere tornata bambina, e quella dimensione quasi ancestrale la riconciliò con la serata.

Rauna posò il soffione. «Come stai, ragazzina?».

Zoe non rimase sorpresa per quel modo confidenziale di rivolgersi a lei. Dopotutto, quella donna doveva essere anziana quanto la valle e il diritto di appellarla in quel modo se l'era ben guadagnato.

«Non volevo mancarti di rispetto», disse la donna, «ma sei talmente giovane che in te vedo la nipote che non ho mai avuto. A ogni modo, se ti dà fastidio…».

«Non mi dà fastidio», la interruppe Zoe.

«Hai lo sguardo perso».

«Perché è proprio così che mi sento». Si tolse il parka

foderato di pelo, appendendolo a un attaccapanni in legno.

Rauna scrollò il capo. I lunghi capelli bianchi si mossero dolcemente. «Non tutto può essere spiegato. Il male meno di ogni altra cosa».

Zoe sospirò. «Può darsi. Ma si presume che io debba riuscirci».

La vecchia locandiera sorrise. «Be', allora hai un bel problema».

«Lo so».

«Ti dirò una cosa. E spero che tu ne comprenda il senso. Sei arrivata dalla città con le migliori intenzioni. E questo ti fa onore. Ma qui la vita scorre in modo diverso. È un mondo più lento, avvolto dalla neve e dal sonno degli antenati. Le tradizioni e la memoria contano, e sospetto che qualcosa si sia risvegliato, dopo tanto tempo».

Quelle parole suonarono in modo strano. Zoe vi avvertì un tono singolare, quasi la voce di Rauna portasse con sé echi perduti, sussurri di spiriti lontani.

«Non credo di capire».

«Invece hai compreso molto meglio di quanto sei disposta ad ammettere. Ed è questo a darmi speranza».

«Ha l'illusione di conoscermi? Anche se mi lascio trattare come una ragazzina, non significa che sia una sprovveduta».

«Non lo penso affatto. Non offenderti, ora, stavi andando così bene».

«Ma lei chi è?».

«Sono solo la vecchia proprietaria di questa locanda».

«A quando risale?».

«La locanda?».

Zoe annuì.

«A molto tempo fa».

«Quanto?».

Rauna sospirò. «Non so dirlo esattamente. Di sicuro è stata parzialmente rifatta nel Settecento, ma c'è una scritta dietro a una trave del soffitto, in numeri romani».

Zoe sollevò un sopracciglio. Stava aspettando.

«Be', se quell'iscrizione è vera, allora questa locanda esisteva già nel 1490».

«È davvero molto vecchia».

Rauna annuì. «E se lo è la locanda, lo è anche questo piccolo paese, perché dove c'era un posto di ristoro, un luogo in cui rifocillarsi, allora doveva esistere anche un villaggio, un piccolo insieme di case».

«Ha ragione».

«So che vuoi scoprire chi ha fatto del male a Nicla. E so che intendi riuscirci al più presto. Hai paura che possa accadere ancora. E hai ragione. Anch'io ce l'ho. Ma la paura ha forgiato questo luogo e vive in esso: nel legno, strappato al bosco impervio, nei coppi dei tetti, tempestati dalle tormente di neve, nelle vie frustate dal vento, nelle pietre che abbiamo trascinato sulle schiene, nel cibo rubato alle fauci dei lupi. La paura è ovunque ed è la nostra benedizione. Senza di essa non saremmo ciò che siamo, e ciò che siamo, in un modo o nell'altro, ci rende fieri. Perché siamo sopravvissuti e perché non abbiamo cambiato la terra, ci siamo adattati a essa, con tutto il rispetto e la paura necessari. Ora, qualcosa o qualcuno ci sta ricordando che non sempre è stato così,

e forse vuole che teniamo a memoria le nostre mancanze».

«Non credo di capire».

«Lo immagino. Ma abbi solo un po' di pazienza e tutto
sarà più nitido».

«Ne parla con certezza».

«Sono arrivata a un'età per cui l'unica certezza che mi
rimane è la morte. Ma ho un presentimento».

Zoe tacque.

«Hai bisogno di qualcosa?», domandò Rauna.

«Ho bisogno di capire», mormorò l'ispettrice mentre
saliva in camera.

19

Lu

La festa era diversa da come se l'erano immaginata. Li aveva invitati Laura, l'amica di Pietro. A differenza loro, che stavano nella sezione A, lei frequentava la terza B e aveva un fratello maggiore che andava già alle superiori, a Longarone. Vivevano in una casa molto grande, fuori dal paese. La madre di Pietro li aveva accompagnati in auto, lasciandoli all'ingresso, raccomandandosi di essere pronti per le sette quando il marito sarebbe venuto a prenderli.

Una volta entrati, vennero accolti da una ragazza. Aveva occhi scuri e dal taglio sottile, quasi orientale, i capelli erano lunghi davanti e corti dietro. Doveva avere almeno quindici anni. Era vestita completamente di nero. «Sono Lidia, la cugina di Laura», disse. «La festa è in giardino», annunciò, indicando loro una porta che affacciava sul retro.

Senza perdere tempo, attraversarono il corridoio e, abbassata la maniglia, si ritrovarono nel cortile sul retro della casa. Non un semplice cortile, in realtà, ma un vero e proprio parco. Qualcuno aveva conficcato delle fiaccole sulla terra coperta di neve. Bruciavano resina e diffondevano un buon profumo. Festoni di luci multicolori scintillavano sui rami spogli degli alberi. Da qualche parte, uno stereo sparava fuori dalle casse *Face to Face* di Siouxsie and the Banshees. Un paio di grandi bracieri in rame emanava un calore gradito. Ragazzine vestite rigorosamente di velluto e pelle nera e ingioiellate d'argento ballavano al centro come bambole da carillon, due ragazzi più grandi ciondolavano con altrettante lattine di birra in mano, e c'era un continuo viavai verso una stalla che si trovava sul lato opposto del giardino.

Incuriositi, Marco e Pietro procedettero verso il grande edificio in pietra davanti a loro. A mano a mano che si avvicinavano, il volume della musica si alzava. La canzone finì. Un istante dopo, ecco le percussioni di *Dead Souls* dei Joy Division, ma nella versione dei Nine Inch Nails. Il ritmo ipnotico fece muovere le teste ai due amici. Marco adorava Trent Reznor, e quella versione del brano arrivava dritta dalla colonna sonora del *Corvo*, il film con Brandon Lee tratto dal fumetto di James O'Barr che la General Press aveva pubblicato proprio in quegli ultimi mesi.

Questo mandò su di giri Pietro, che aveva visto la pellicola almeno tre volte. «Ti ricordi? Un film pazzesco», sentenziò senza nemmeno aspettare la risposta.

Prima ancora di replicare, Marco rimase affascinato dalla grande sala in pietra con il tetto alto da cui pendevano veli e festoni neri. Fasci di luce viola tagliavano la penombra, appena rischiarata da qualche lampada con paralume che proiettava un chiarore sepolcrale. Candelabri, vasi di cristallo, bottiglie di gin e rum, secchi con ghiaccio e neve, casse di birra, statue di peltro: c'erano oggetti disseminati ovunque e, incuranti di quel delirio, almeno cinquanta fra ragazze e ragazzi ballavano al ritmo della musica.

«Non ero al corrente che fosse una festa dark», disse Marco. E in effetti le gonne in velluto nero, gli stivali borchiati, i capelli viola e i rossetti color notte si sprecavano.

«Be', è il tuo colore preferito, no? Guarda là, sei perfetto!».

Era vero. Anche quel giorno, Marco indossava i pantaloni neri con le tasche e una maglia dei The Jesus and Mary Chain.

«Puoi dirlo forte», replicò lui con fare spavaldo. Lo fece più per darsi un tono. «Sono quasi tutti più grandi di noi», aggiunse, come a voler sottolineare che, per quanto potesse atteggiarsi, si sentiva un pesce fuor d'acqua.

Nonostante la confusione, Laura scorse Pietro. «Eccoti!», gridò di gioia. «Sei venuto!». E gli si avvicinò. Indossava un bustino in pelle sopra una camicia di pizzo nero che sosteneva il seno acerbo. La gonna lunga con gli anfibi le stava d'incanto. Il trucco pesante orlava di nero i grandi occhi castani e qualcuno doveva averle disegnato con la matita lacrime del medesimo colore sulle gote.

«Non mi sarei mai perso questa festa», rispose lui.

Lei socchiuse gli occhi e poi li spalancò.

Bastò quello perché Pietro fosse completamente rapito da Laura.

«Marco! Come stai?», domandò poi lei, più per cortesia che per interesse.

«Bene, e tu?».

«Anche io. Che te ne pare?».

«È fighissimo».

«È proprio vero», confermò lei, scoppiando a ridere e reclinando il capo, esponendo la curva del collo chiaro a favore di Pietro.

Dopo quella scena, Marco rimase solo in uno schiocco di dita.

Così, restò a guardare. Si tenne alla larga da quelli che ballavano. Non faceva per lui. Vide una scala e salì. Da qualche parte lo avrebbe condotto e, almeno, se ne sarebbe rimasto per conto proprio. Una volta terminati i gradini, arrivò in quello che un tempo doveva essere il fienile.

E quello che vide gli mozzò il fiato. I muri erano stati interamente ricoperti di panno scuro. Simboli arcani in oro e argento sfregiavano la superficie, e al centro del grande spazio stava una rastrelliera di chitarre. C'erano una Fender Jaguar, una Gibson Flying V, una Gretsch White Falcon e una Jackson Kelly. Erano una più stupefacente dell'altra. Avrebbe potuto ammirarle per ore. Tanto più che, non troppo distanti, c'erano un Marshall valvolare e un Fender Orange, due amplificatori in grado di spaccare i vetri.

Se avesse avuto qualcosa da bere sarebbe stato perfetto. Almeno lì, nessuno lo avrebbe disturbato.

«Se solo le tocchi, Alex ti ammazza, ne sei consapevole, vero?».

Previsione sbagliata. C'era qualcun altro.

Si voltò.

Era la ragazza più incredibile che avesse mai visto. I capelli parevano una nuvola di nero e blu, gli occhi più azzurri del ghiaccio ardente: sfavillavano come zaffiri al centro di due corolle scure. La pelle di luna faceva il resto, e sarebbe bastato molto meno.

«Chi è Alex?», domandò Marco con una certa presenza di spirito. Stava cercando di non sbavarle addosso. Ma lei sembrava saperla lunga. Aveva, tra l'altro, la sensazione di averla già vista, ma non riusciva a rammentarsi dove.

«Il fratello di Laura e, per tua informazione, lascia le sue chitarre in quel modo perché spera che qualche sfigato come te provi a toccarle solo per spezzargli le braccia».

«Le stavo solo guardando».

«Non preoccuparti, non farò la spia», disse lei, increspando le labbra che dovevano essere morbide come petali di velluto viola.

«Non sono preoccupato».

«Bel tentativo».

Marco non voleva passare per quello che non era, ma non aveva alcuna intenzione di pregare, nemmeno se l'oggetto delle sue suppliche fosse stata una ragazza che era palesemente uno schianto.

«Mi chiamo Marco», disse.

Lei inclinò la testa, come se dovesse valutare un capo d'abbigliamento. «So chi sei».

«Davvero?», e non riuscì a trattenere lo stupore,

perché mai avrebbe immaginato che quella ragazza lo conoscesse.

«Non fraintendermi», si affrettò a dire lei, «non ci siamo mai presentati, ma ogni tanto vado a vedere i giocatori di hockey».

«Ah...», fece lui, ma lei lo interruppe.

«E oggi tu e il tuo amico avete steso quello sfigato di Michele. Bella idea quella di tirargli il disco addosso, dopo averlo fatto cadere. L'arbitro non se n'è nemmeno accorto».

«Ecco dove ti avevo visto», disse lui. «A scuola!». E sorrise. «Comunque», ci tenne a specificare, «quello di oggi è stato un incidente».

La ragazza scoppiò a ridere. Lo fece in modo teatrale. «Non prendermi in giro», disse, «non ti conviene».

Marco capì che era inutile tentare di bluffare. «Come ti chiami?», domandò, perché gli sarebbe piaciuto conoscere il suo nome.

«Lu».

«Solo Lu?».

«Perché, c'è qualche problema?», domandò lei.

«Niente affatto».

«Meno male... non ci avrei dormito la notte al pensiero che il mio nome non ti andasse bene».

La ragazza aveva la lingua lunga. Ed era sempre in vantaggio su di lui. «Sei in classe con Laura, per caso?», le domandò quasi a cercare di riprendere in mano il controllo della conversazione. «Sai, non ti avevo riconosciuto subito», aggiunse, «con quei riflessi blu nei capelli e il trucco».

«Il blu è il mio colore preferito», confessò Lu, «e Brandon Lee è il mio eroe. L'idea che non ci sia più mi rattrista immensamente… Ho adorato *Il corvo*, così ho ritenuto che truccarmi in modo simile al suo per questa festa avrebbe potuto essere una maniera per ricordarlo».

«Hai fatto bene». Era proprio un'idea geniale, e l'aveva avuta una ragazza. Marco ne era a dir poco spiazzato. «La storia è bellissima. Hai letto il fumetto?».

«Certo!».

«Davvero?», domandò incredulo.

«Perché? Ti sorprende? James O'Barr ha scritto un'opera meravigliosa, piena di romanticismo e dolore. Non vorrei mai dover affrontare quello che è accaduto a lui e alla sua fidanzata».

«Dev'essere stato orribile».

Per un attimo, a Marco parve che Lu avesse perso le parole, ma qualcuno li tolse dall'imbarazzo. Un ragazzo con spalle ampie e capelli lunghi fino alla cintola era appena arrivato al piano superiore. «Che ci fai qui, Lu?», domandò.

«Parlavo con Marco», disse lei.

«E tu chi saresti?».

«Un amico di Laura», continuò Lu.

«Cos'hai? Sei muto, che fai parlare le ragazzine al posto tuo?», domandò.

«Niente affatto».

«E allora?».

«Hai delle chitarre fantastiche».

«E tu che ne sai?», chiese il capellone, alzando il sopracciglio.

«John Frusciante e Kurt Cobain suonano la Jaguar, James Hetfield la Flying V, Billy Duffy la White Falcon e Marty Friedman la Jackson Kelly».

Il nuovo arrivato spalancò gli occhi. «Accidenti, per essere un moccioso ne sai un bel po'», disse. «Red Hot Chili Peppers, Nirvana, Metallica, The Cult e Megadeth tutti in una volta».

«Alex, non è che adesso ve ne state a parlare di chitarristi, vero?», domandò Lu.

«Tu sei il fratello di Laura?», chiese a quel punto Marco.

«In persona», disse il ragazzo con le spalle larghe e il look da barbaro.

«Oh Gesù, e adesso fate anche amicizia. Vabbe', ci vediamo», concluse Lu, che evidentemente non era una che amava aspettare. E si avviò giù per le scale.

Marco la salutò a malincuore con un cenno del capo.

Poi, quando se ne fu andata, Alex lo guardò. «Ehi, ragazzino, fai attenzione a non prendere per il culo Lu».

«In che senso?», domandò lui. Sembrava che tutti volessero dargli avvertimenti, quel giorno.

«Anche se fa la smorfiosa, ho la sensazione che ti voglia ronzare attorno, e se non la tratti bene te la dovrai vedere con me».

«Non credo voglia ronzarmi attorno».

«Io penso di sì e mi hai sentito, quindi non fare cazzate».

E a quel punto, Marco capì che era il momento di sparire. «D'accordo, allora io andrei».

«Ti conviene».

20

Vergogna

Non aveva più voglia di lui. Le sue mani, un tempo così piacevoli e forti, ora somigliavano a lingue di salamandra: le facevano ribrezzo. Lui la toccava, credendo di darle piacere. Ma non era più così. Si sentiva sporca. Si sentiva da schifo. Anna si strappò di dosso le braccia che la stavano soffocando. Non sopportava più il suo respiro umido e la vergogna che rappresentava.

Con fatica, riuscì a mettersi a sedere. Poi, gettando le gambe nude oltre il bordo, si alzò dal letto.

Fulvio Corona non capiva. La guardò in modo strano, giacché non si capacitava di quel suo comportamento. «Cosa succede, Anna? Cosa ti turba?», domandò.

«Tu», rispose lei.

«Io?».

«Devi andartene», replicò Anna in modo secco.

«E perché mai?», chiese Fulvio, ancora una volta senza comprendere il motivo di quel tono e lasciandosi andare a un ghigno di sorpresa.

«Perché non voglio più farlo, sono stanca di te».

Chiaramente infastidito, Fulvio si sedette sul letto.

Scrollò il capo. Gli pareva impossibile di aver sentito quelle parole. «Non capisco», insistette con boria. «Mi sembrava che la volta scorsa non la pensassi così».

Anna non rispose immediatamente. Parve rifletterci sopra, infine disse: «Forse no, ma ormai ho deciso. Non nego che sia stato bello, le prime volte, ma adesso ho capito che sto facendo una cosa sbagliata».

«Adesso?», domandò Fulvio, come se stesse parlando a sé stesso. Poi aggiunse: «Mi sembra un po' tardi per capirlo, non ti pare?».

Lei incrociò le braccia, guardandolo dritto negli occhi. «È finita», concluse. «Mettiti i vestiti e vattene». Tanto per essere ancora più chiara, gli gettò addosso la felpa in pile e i pantaloni. Poi, indossata una maglietta e un paio di jeans, uscì dalla camera da letto e scese la scala, raggiungendo il piano terra.

«Ehi!», urlò Fulvio. «Cosa credi di fare?».

Anna sbuffò e attese. Andò in cucina e prese una bottiglia d'acqua dal frigo. La aprì e si riempì un bicchiere. Bevve come se in quel modo potesse ripulirsi. Aveva la gola arsa e le pareva di aver ingurgitato una montagna di pattume. Il senso di sporcizia che avvertiva non era solo fisico, lo percepiva dentro di sé. Soffocò un conato. Provava disgusto per ciò che era diventata.

Infine, Fulvio comparve. Aveva i pantaloni di velluto a coste e le pedule. Era ancora a torso nudo, i pettorali gonfi e guizzanti. Era un pezzo d'uomo, abituato al lavoro duro. C'era stato un tempo in cui quella miscela di rude virilità e prestanza fisica le aveva fatto battere forte il cuore. Ma ora lo trovava solo patetico.

E lei lo era ancora più di lui, pensò.

Avevano creduto di poter superare le proprie delusioni e frustrazioni coltivando l'adulterio all'insaputa di Riccardo e Carla, la moglie di Fulvio. Erano vicini di casa e all'inizio il fascino del proibito era stato un potente afrodisiaco. L'idea di scopare a casa dell'uno e dell'altra quando i loro coniugi non c'erano rappresentava una sorta di tacita rivincita. Solo che, almeno per Anna, un po' alla volta le cose erano cambiate. Il rapporto sessuale, pur appagante, non le bastava più. E anche se Riccardo era uno stronzo, Fulvio non era certo meglio. Pensava solo a sbattersi qualunque donna gli capitasse a tiro. E di certo ne aveva. Dapprincipio, lei aveva creduto di essere l'unica. Poi aveva capito che non era affatto così e infine, anche pensando soltanto a prendersi il piacere che le mancava, si era resa conto di essere solo una moglie delusa e frustrata che cornificava il marito.

Era una storia triste. Triste e squallida.

Voleva essere meglio di così.

Ma sapeva anche che non sarebbe mai riuscita a spiegarlo a Fulvio.

Lui era sceso in cucina e ora era lì davanti a lei e pareva aspettare.

«Non penserai di lasciarmi in questo modo!», disse, incendiandola con gli occhi neri, colmi di rabbia.

«Devi andartene», ringhiò lei, come se non lo avesse sentito.

«Ma perché tutt'a un tratto vuoi smettere? Preferisci essere fedele a uno sfigato che ti ignora? E poi non mi dire che quello che facciamo insieme non ti piace».

Anna lo guardò. Non lo sopportava più. «Non mi piace», disse.

Lui accusò il colpo. Non se l'aspettava. «Non sei seria», si ostinò a ribadire, e mentre pronunciava quelle parole tradì ancora una volta un ghigno incredulo, come se l'ipotesi di non piacere non fosse contemplata.

«Invece sono serissima».

«Ah davvero?», e questa volta Fulvio cambiò tono. «E credi di potermi mollare in questo modo?».

«Non ti sto mollando. Fra noi non c'è mai stato alcun legame. Abbiamo solo scopato». Anna pronunciò quel verbo come se si fosse trattato della più disgustosa delle parole mai concepite.

«D'accordo. E allora, pensi di poterti rifiutare di scoparmi solo perché hai cambiato idea? Ma chi cazzo credi di essere?», e mentre parlava in quel modo Fulvio gonfiò i pettorali, quasi a volersi dare un tono. Poi, con un guizzo, fece per afferrarle il collo con la mano destra.

Ma Anna si era aspettata qualcosa del genere e fu più rapida di lui, sottraendosi al tentativo. Le dita di Fulvio strinsero il vuoto.

Un istante dopo, lei estrasse un coltello dal cassetto della credenza in cucina. Aveva una lama grande, larga e lucente, ed era lungo almeno tre palmi. «Non mi toccare», disse, «o ti giuro che ti sventro come quel porco che sei!».

Mentre parlava in quel modo, provò un brivido gelido. Strinse il manico del coltello con tutte le forze che aveva, come se da quello fosse dipesa la sua vita. E forse era proprio così.

Fulvio strabuzzò gli occhi. «Sei completamente pazza», gridò. «Ti credi migliore di me, ma sei solo una puttana», e ora c'era veleno nelle sue parole.

«Fuori di qui!», urlò lei.

Lui indossò la maglietta. «Non finisce così», la minacciò.

«E invece sì».

«Non ci contare, brutta stronza».

«Vai fuori da casa mia».

«Altrimenti cosa fai? Chiami tuo marito?», e questa volta, Fulvio sorrise in modo crudele.

Anna tacque. Sperò di non mostrargli la paura che stava provando.

Lui indietreggiò.

Lei non gli concesse spazio, standogli addosso, tenendo davanti a sé la grande lama del coltello da cucina.

A quel punto, vedendo che Anna non accennava a desistere, Fulvio alzò le mani. «Va bene, va bene», disse, «me ne vado, non preoccuparti. Non intendo rimanere in questo cesso un istante di più. Ma ti giuro che, prima o poi, me la pagherai cara».

Le sue parole rimasero nell'aria come l'odore del latte cagliato.

Poi, aprendo la porta, finalmente se ne andò.

E Anna restò lì, a guardarlo mentre si dirigeva verso la casa poco distante. Brandiva ancora il coltello come se si fosse trattato di una daga.

21

Troppo tardi

Tremava ancora. Non sapeva quanto se n'era rimasta lì con il coltello in mano. Era come se avesse perduto la cognizione del tempo. Aveva temuto che lui la facesse a pezzi. Fulvio era un uomo che sapeva essere violento e non sopportava di essere rifiutato.

Quando era riuscita a liberarsene, la sua mente era andata a tre mesi prima, quando avevano cominciato ad andare a letto assieme. Lei lo aveva fatto per vendicarsi di Riccardo. Per avere una rivincita su di lui dopo essere stata messa all'angolo, dimenticata, lasciata sola. All'inizio era stato quasi bello. Si era sentita di nuovo importante per qualcuno. Le era parso di essere tornata desiderabile. Ormai non si ricordava più nemmeno cosa significasse.

Così, giorno per giorno, ogniqualvolta era sola in casa, invitava Fulvio a raggiungerla. Avevano scopato in ogni stanza. Perfino nella legnaia, e a lei era piaciuto. A Riccardo non era passato nemmeno per la mente che lei potesse tradirlo. Tanti anni prima forse sì, al punto che si era gettato nel lavoro quasi per avere qualcosa da darle in cambio, come se la sua bellezza, quella di cui gli uomini parlavano, fosse un credito che lui doveva compensare in qualche modo. Sapeva di non essere avvenente, ma non aveva mai capito che a lei di quel fatto non importava nulla.

Quando lo aveva conosciuto, Riccardo era simpatico, sollecito, galante. La faceva ridere, e si preoccupava di aprirle la porta e farla entrare per prima nei locali. Quei modi da gentiluomo le piacevano moltissimo, insieme alla sua volontà e determinazione. Ma con il passare degli anni – a mano a mano che lui si creava una posizione – lei scivolava sempre più nell'oblio, e l'attività imprenditoriale nella quale Riccardo voleva eccellere era diventata infine la sua unica ragione di vita. Così, lei non solo si era sentita dimenticata, ma perfino esclusa.

A questo aveva pensato.

E adesso si era resa conto che dovevano essere trascorse ore.

E se Marco fosse rientrato in quel momento? L'avrebbe vista in quel modo, ancora umida degli umori di un altro uomo, terrorizzata e con una lama in mano. E che cosa avrebbe detto a quel punto?

Ripose il coltello nel cassetto della credenza, in cucina. Poi risalì al piano superiore e andò in bagno. Doveva farsi una doccia. Pulirsi.

Rimase dunque sotto il getto d'acqua bollente, provando a liberarsi dei marchi infamanti lasciati sulla pelle dalle mani di Fulvio. Come aveva potuto darsi a uno come lui? Ora non riusciva a crederci. E voleva solo dimenticare. Un po' alla volta, l'acqua lavò via il rancore, la paura, il disgusto. Si accarezzò le braccia, le spalle, il collo, il volto, lasciando che la schiuma bianca si prendesse cura di lei.

Riuscì infine a recuperare un po' di tranquillità.

Almeno fino a quando non le tornò in mente qualcosa di cui si era completamente dimenticata.

Il piccolo corvo.

Chiuse il miscelatore e uscì dalla doccia. Si avvolse in un accappatoio e scese di corsa le scale. I suoi lunghi capelli bagnati punteggiarono di grandi gocce le tavole di legno del pavimento. I piedi lasciarono impronte. Ma non le importava. Corse con quanto fiato aveva in corpo.

Arrivò nel piccolo ripostiglio in cui aveva sistemato il pullo. Non lo udì, e una frustata fredda d'adrenalina parve investirle le membra.

Si avvicinò. Aveva paura di guardare.

Il corpicino spiumato era fermo. L'uccellino giaceva nella piccola pezzuola che lei gli aveva sistemato all'interno dell'ampia gabbia dove riposava di solito.

Aprì la porticina di metallo. Introdusse la mano e lo toccò.

Non si mosse.

«Oh Dio, ti prego», mormorò Anna, «non punirmi in questo modo».

Lo tirò fuori, prendendolo sui palmi, quasi a volerlo cullare.

«Gracchia, piccolino, ti prego», provò ancora lei.

Mentre gli parlava a quel modo, udì una chiave girare nella toppa.

«Dio, ti prego», mormorò lei, «fa' che non sia Marco».

«Mamma!», esordì suo figlio. «Sono qui, è venuto a prendermi il papà di Pietro alla festa».

Rimase lì, ferma, in accappatoio, con il piccolo corvo morto fra le mani.

Sperò che lui non avesse capito dov'era.

Ma i passi si avvicinarono.

Poi, Marco la vide. E scoppiò in pianto.

22
Separazioni

«Che cosa hai combinato?», sussurrò Marco con un filo di voce.

«Mi dispiace», si scusò Anna.

«Che cosa hai combinato?», ripeté lui, fra le lacrime. Questa volta urlò. Era fuori di sé. Una cosa doveva fare sua madre, e non c'era riuscita. Era certo che sarebbe andata a finire in quel modo. Per quello non aveva voluto prendere il pullo quando lo aveva trovato. Ma poi aveva ceduto alle provocazioni di Pietro e alle rassicurazioni di lei.

Era stato un idiota.

«Lo sapevo!», urlò ancora.

«Marco...».

«Non provare a giustificarti. Me lo avevi promesso!».

«Ma amore mio».

«No!». Era così arrabbiato che se avesse potuto le avrebbe spezzato la stecca da hockey contro il fianco. Invece la gettò di lato, rompendo una lampada da tavola che finì in frantumi.

«Non devi prenderla così...».

«Tu non sai niente!», urlò lui.

«Non so cosa?».

Marco tacque.

«Non so cosa?», domandò di nuovo lei.

Per tutta risposta, lui corse al piano di sopra.

«Marco!».

Non si fermò fino a quando non giunse in camera sua, chiudendosi la porta alle spalle.

Un istante dopo, sentì un furioso bussare.

«Apri, ti prego», diceva sua madre, implorandolo.

«No, lasciami in pace!».

«Ti prego, ho sbagliato, ma non lasciarmi sola».

Provò un segreto piacere nel sentirla così supplice. Forse suo padre, dopotutto, un po' di ragione ce l'aveva.

Tacque. Sapeva che, ignorandola, l'avrebbe fatta soffrire di più. E nonostante quello non riuscì a ricavarne piacere, perché si sentiva un verme. Anche lui aveva mancato alla promessa. La consapevolezza di non essere in grado di portare a termine gli impegni presi non lo scusava affatto. Avrebbe potuto lasciare il pullo a Pietro. Invece non aveva voluto. Si era trincerato dietro il suo stupido orgoglio, aiutato dalle false parole di sua madre, false perché gli avevano promesso qualcosa che nessuno di loro due era davvero in grado di mantenere.

«Ti prego, Marco». La voce di Anna era un lamento dietro il legno della porta.

Si mise le cuffie del walkman, ma non riuscì a premere il tasto "play".

Così si sedette contro la porta.

C'era solo il legno a dividerlo da sua madre.

Quello e l'incubo.

«Siamo maledetti», sussurrò fra sé.

«Marco», udì ancora una volta.

E di nuovo rimase in silenzio.

Infine, la sentì andarsene. Quel fatto lo lasciò con il cuore spezzato, ma non voleva parlare con lei, non intendeva rischiare di farsi soggiogare dalle sue insistenze, confessando ciò che aveva sognato.

Presto o tardi sarebbe successo qualcosa di orribile. Lo percepiva con una certezza assoluta.

Rimase lì per qualche tempo. Poi, un po' alla volta, si fece forza e capì che doveva reagire. Pensò a Lu, che era l'unica cosa bella che gli era successa in quei giorni di freddo, neve e morte.

Prese i quattro albi a fumetti del *Corvo*.

Ancora una volta, tentò di esorcizzare il dolore e l'inquietudine andando loro incontro. Forse era quella la chiave, rifletté.

Lasciò che lo sguardo si smarrisse in quelle meravigliose vignette in bianco e nero, e poi si abbandonò alla perdita, all'idea di galleggiare nel vuoto proprio come Eric Draven, il protagonista, il giovane rocker aggredito da un branco di criminali sadici al quale veniva spappolata la testa da due spari a bruciapelo. Non solo. Mentre agonizzava, i killer stupravano a turno la sua fidanzata, Shelly Webster, uccidendola poi senza pietà.

A quel punto, Eric veniva resuscitato dal regno dei morti grazie alla volontà di un corvo, un uccello leggendario che gli permetteva di reincarnarsi in un angelo sterminatore il quale, divorato dalla sete di vendetta, otteneva infine giustizia, facendo a pezzi gli assassini del suo amore.

C'era un'aura maledetta ad ammantare quella storia, e ora Marco vedeva sotto una nuova luce anche quanto gli stava succedendo.

Come aveva potuto non pensarci prima?

Com'era anche solo possibile credere che quel pullo di corvo, morto a causa della negligenza sua e di sua madre, non avrebbe determinato la rovina del paese di Rauch?

Scosse la testa.

In fin dei conti, il corvo era l'uccello del malaugurio, il messaggero di morte, una presenza fatale nella vita dell'uomo.

E loro ne avevano lasciato perire uno.

Il corvo sarebbe venuto a prenderlo.

Ormai non aveva più dubbi.

E niente e nessuno lo avrebbe salvato.

Neanche Lu.

23
Inquietudini notturne

Zoe non riusciva a dormire. Aveva la sensazione che la Locanda dei Sette Corvi le facesse uno strano effetto: la riportava indietro con la memoria, quasi lei fosse stata un vaso da riempire di ricordi. Naturalmente, provò a essere razionale. Il luogo non c'entrava niente, doveva essere la tensione, la frustrazione per non riuscire a comprendere quanto accaduto a Nicla Rossi. Per proteggersi dall'incertezza del futuro, la sua mente si rifugiava nel passato.

A ogni modo, mentre si girava più volte sotto le coperte, le tornarono alla mente alcune immagini d'infanzia: suo padre che la faceva salire sul suo primo go-kart, o mentre l'applaudiva, guardandola sollevare la coppa per aver vinto una gara di motocross.

Si ricordò di quando – non appena finiva scuola – saliva sul pulmino che portava alle piste del Bellunese: Nevegal, Croce d'Aune, Auronzo, San Vito, Civetta. Rammentava i suoi sci Atomic ARC, rossi e velocissimi sul manto candido, vere frecce ai piedi. Le pareva di volare. Si sentiva libera nel bianco della pista e andava giù come un razzo.

Andò in bagno e si lavò il viso. Lo fece con calma, nel tentativo di togliersi di dosso il torpore. L'acqua fredda era l'ideale, e sentirla sulla pelle le fece provare la stessa sensazione della neve contro il viso, proprio come quando cadeva sciando e rimaneva stesa sulla pista. Capitava spesso, da piccola, e si era anche fatta male. Si era sempre rialzata.

La discesa sugli sci era quanto di più vicino all'essenza della velocità: il corpo non si trovava all'interno di un veicolo ma era completamente esposto. Anche in quel momento, la sola idea di provare quel genere di paura e fascinazione regalò a Zoe un sorriso.

La sua prima auto a pedali era stata una Lancia Stratos: la macchina che aveva surclassato la concorrenza fra il 1975 e il 1977. La chiamavano l'Ammazza-rally.

Suo padre l'aveva allevata nel mito della Lancia, a cominciare dalla Stratos e da Sandro Munari, il drago di Cavarzere, il pilota padovano che aveva saputo ammansire la bestia, conducendola a conquistare tre volte il Rally di Montecarlo dal 1975 al 1977, vincendo poi anche il campionato mondiale.

La Stratos era spartana, dura, rabbiosa, come se gli ingegneri avessero immaginato una bestia apocalittica, sostituendo le ruote alle zampe.

Si vestì. Sarebbe andata a correre, ne aveva bisogno. Doveva riordinare le idee.

Si rivide mentre saliva a bordo della Lancia Delta HF Integrale di suo padre. Era navigatrice e lo assisteva nelle gare di rally. Almeno fino a quando Franco Tormen non era diventato uno zombie.

Le fiamme tornarono a mangiarle la mente: l'auto che si rovesciava, il parabrezza che esplodeva, lei che si ritrovava sola. Suo padre svelleva la portiera con la sbarra e lei lo fissava con gli occhi velati di sangue: le era parso di vedere un uomo creato dal fango, una creatura plasmata con acqua e terra che urlava e affrontava l'orrore per strapparla alle dita fiammeggianti della morte.

Quell'immagine tornava a farle visita più volte al giorno da quando era arrivata a Rauch.

A quel punto, per un istante, i ricordi finirono in frantumi come diaspro scagliato a terra.

Zoe sospirò.

Il pensiero tornò a Nicla uccisa, con gli occhi strappati. Chi aveva potuto concepire un simile orrore? E perché?

Ora dopo ora, aumentavano le possibilità che accadesse di nuovo.

La mente si mise a scandire i fotogrammi della memoria: la laurea in legge, il concorso in polizia, la disciplina, l'ordine, le regole. Le botte date e prese. Con quelle aveva cauterizzato la sanguinante aggressività e il bisogno selvaggio di assaporare l'adrenalina.

Suo padre era ridotto a una larva, con mezzo corpo macellato dall'incidente. Sua madre gli aveva chiesto il divorzio, ottenendolo, per aver messo a repentaglio la vita della loro unica figlia.

Zoe voleva bene a entrambi, capendo le ragioni di ciascuno. Ma era rimasta innamorata della Lancia e del rally, della velocità e del pericolo.

Stette ancora un po' a rimuginare, chiedendosi cosa ci

fosse di vero nelle parole della vecchia Rauna: credere alle storie.

Quali?

A cosa alludeva quella vecchia locandiera che pareva uscita da un dipinto antico?

Non lo sapeva.

Mise delle pedule e uscì. Scese le scale, giunse al piano terra, aprì la porta e fu fuori.

La Val Ghiaccia l'accolse con lo splendore dell'alba. L'aria era fredda. Respirare in quel luogo era come inalare il profumo del cielo. Cominciò a correre. Un po' alla volta aumentò il ritmo. Il silenzio era assoluto. Il paese dormiva ancora. Pensò che non vi fosse niente di più bello.

Le montagne facevano da corona alla valle che, quasi dimenticata dalle mappe, rappresentava una sorta di balcone naturale dal quale godere di una vista magnifica. Scorse i contrafforti di roccia del Col Nudo, bianchi di neve, e poi la barriera formidabile del Teverone, sorta di ampio tridente allungato contro il cielo. Riconobbe le tre diverse cime: il Lastramor, la Valars e la Busa Secca. Erano montagne diverse rispetto alle più note cadorine o zoldane, rappresentavano l'antica porta d'accesso che conduceva alla catena delle Alpi orientali e in particolare alle Dolomiti d'Oltre Piave, come la Cima dei Preti e il Campanile di Val Montanaia, fino ad arrivare, procedendo verso est, all'imponente monte Coglians.

Zoe conosceva a malapena quei posti, più lontani e selvaggi, se confrontati con le Dolomiti Venete. Capì molto bene quanto quei rilievi fossero guardiani di un sapere antico, quasi avessero protetto gelosamente e, per certi versi, custodito l'esistenza delle persone che vi avevano abitato lungo i secoli. La montagna era proprio quello, dopo tutto: un rifugio e uno scrigno, in grado di celare alla vista, attraverso le proprie cortine di roccia, qualsiasi cosa. E chi sceglieva di rimanere, di accettare i ritmi lenti e le attese dettate dal ciclo delle stagioni, prendeva con sé i silenzi di quelle pareti e li faceva propri, coltivandoli per intere generazioni. La dimensione verticale, insomma, pareva tagliare le parole, riempiendo le giornate di assenze insondabili.

Guardando le cime e le pareti a strapiombo che si aprivano davanti al suo sguardo, Zoe pensò tuttavia che non era solo quello. La Val Fredda apparteneva in verità a una regione molto particolare: quella dorsale fra Veneto e Friuli che – risalendo dal Cansiglio fino a Col Indes e poi alla Cima dei Preti, al monte Cridola e alla Carnia – rappresentava una sorta di ripido imbuto in cui le leggende e le narrazioni popolari andavano fondendosi in una ridda di voci e tradizioni che parevano generare un mondo a sé stante. Certo, molte persone si erano affidate al silenzio, non concedevano facilmente la propria fiducia a quanti giungevano dall'esterno, e ne avevano ben donde a giudicare da come era ridotto il mondo della città. Ma quelle pareti, quelle montagne nascoste, erano intrise di storie, e per la loro vocazione di inscalfibile confine naturale raccoglievano le suggestioni del folklore e delle culture più diverse: italiana, austriaca e più ampiamente germanica, slava.

Mentre pensava a quelle verità sepolte, Zoe continuava

a correre. Le cime innevate incombevano sopra di lei. Il cuore cominciò a pompare e lei si sentì più viva che mai. Mentre prendeva verso destra, salendo per una strada che si addentrava nel bosco, le parve di diventare tutt'uno con la neve bianca, avvertì il vento pizzicarle la pelle del volto e far turbinare qualche fiocco chiaro. Le ombre iniziavano a disegnarsi nel bagliore di madreperla del mattino.

Fu a quel punto che sentì gracchiare.

Non era passato che un istante, e un grande corvo nero apparve sul pennacchio più alto di un abete rosso.

Senza capire perché, Zoe rallentò fino a fermarsi, quasi l'uccello l'avesse ipnotizzata. E, in un certo senso, fu proprio così. Sentì, improvviso, un calore talmente intenso da farla finire in ginocchio. Alzò lo sguardo. Il grande corvo nero non si era spostato. La osservava, o almeno quella fu l'impressione che ebbe lei.

Dovette tirare giù la lampo della felpa.

Boccheggiava.

Rovesciò gli occhi e, come in un mondo al contrario, vide il fuoco. Non capì di cosa si trattasse, ma questa volta le fu chiaro che non era la memoria a torturarla. Davanti a lei c'era una specie di pira, una colonna di fiamme, e una donna ne era avviluppata.

La donna urlava in modo straziante.

Ma non era sola.

Sette alte croci intorno a lei ardevano crepitanti e da sette globi di fiamma provenivano grida altrettanto terribili: pigolii infernali, voci che sembravano umane ma non lo erano. Supplicavano qualcuno di non ucciderle.

Pur vivida, la scena sembrava uscita da un quadro di secoli prima, come se appartenesse a un altro tempo.

Zoe non riuscì a vedere altro.

Cadde sulla neve e lì rimase per un tempo indefinito.

Infine, quando quella specie di visione l'abbandonò, lei tornò nel verso giusto del mondo, e distinse gli alberi e la strada innevata in mezzo al bosco. Allora sollevò lo sguardo verso l'alto, alla ricerca del grande corvo nero. Ma non riuscì a scorgerlo.

Non c'era più.

E a quel punto si chiese che cos'era stato a ridurla in quelle condizioni e se si era immaginata tutto.

Il vento che sibilava fra i rami non rispose. E nemmeno l'abete rosso. Il silenzio era intatto, e lei aveva freddo, perché la neve bagnata le intrideva i vestiti.

Lentamente, si alzò.

E tornò indietro.

Alla Locanda dei Sette Corvi.

24
Ritorno

Era stata una giornata dura. La notte, Riccardo aveva dormito nel retro del drink store. Sapeva di essere vicino a raggiungere l'accordo con il distributore americano ma, con ogni probabilità, sarebbe stato necessario almeno un altro colloquio.

Era ripartito ben prima dell'alba e stava raggiungendo Rauch.

Confidava di poter salutare Marco per colazione. Poi, lo avrebbe accompagnato a scuola.

Guidava rilassato, conosceva quel tragitto a memoria.

Sapeva che la stazione meteorologica dava neve in arrivo per il pomeriggio, ma a quell'ora sarebbe stato a casa da un pezzo.

I tornanti si succedevano uno uguale all'altro. Infine, la strada procedeva in dolci saliscendi, costeggiando e attraversando i boschi fitti di pini e abeti. La vecchia Audi Quattro filava che era una bellezza. Avrebbe anche potuto cambiarla, ormai aveva quasi una decina d'anni, ma vi era talmente affezionato che non se la sentiva di liberarsi di quella macchina.

Ai lati della carreggiata, due muri di neve rammentavano quanta ne fosse caduta nei giorni precedenti. La strada, in compenso, era stata pulita abbastanza bene. Certo, le lastre di ghiaccio non mancavano, ma bastava evitarle. E per lui, che in quei luoghi ci era nato e cresciuto, quel fatto non rappresentava un problema.

Forse anche per questo, Riccardo non si avvide immediatamente di quel che stava accadendo. Poi, però, qualcosa attirò la sua attenzione. Dall'esterno arrivò uno strano rumore, una sorta di insistito brusio, un mormorio irritante che pareva crescere d'intensità.

All'inizio non capì e, per meglio comprendere di cosa si trattasse, girò la manovella e tirò giù il finestrino.

Si rese conto che il rumore che aveva sentito somigliava a un frullo d'ali, come se decine, o meglio, centinaia di uccelli impazziti stessero sbattendo contro i lati di una scatola.

Se ne accorse all'ultimo.

Una scia nera dilagò nel cielo: pareva una processione brulicante che andava riempiendo l'aria, rendendola scura per via delle grandi ali spiegate, dai riflessi lucidi, quasi di metallo, sul piumaggio. Era il più incredibile stormo di corvi che avesse mai visto. E puntava in una direzione molto precisa, come se avesse un obiettivo.

Riccardo realizzò che quell'obiettivo, per quanto folle e assurdo potesse sembrare, era proprio lui.

Nel giro di pochi istanti si ritrovò il parabrezza completamente ricoperto da corvi giganteschi, talmente fitti e compattamente distribuiti da impedirgli completamente la visuale.

Provò a suonare il clacson, gli parve la cosa più logica da fare. Sperava di spaventare e mettere in fuga quegli uccelli terrificanti, i quali, per tutta risposta, cominciarono a colpire con i becchi forti il grande cristallo del parabrezza.

Riccardo suonò ancora più a lungo. Per nulla intimoriti, i corvi persistettero nella loro azione. Nel giro di pochi istanti da quando tutto era cominciato, Riccardo perse completamente il controllo dell'auto. Non riuscì a evitarlo.

Scoprì di essere finito contro la neve sul ciglio della carreggiata quando ormai era troppo tardi. L'auto sfondò la barriera bianca e uscì di strada.

Nell'istante in cui i corvi si alzarono di nuovo in volo, l'Audi Quattro andò dritta contro l'enorme tronco di un pino. L'impatto fu micidiale.

In seguito allo schianto, Riccardo venne sbalzato via dal sedile e scaraventato contro il parabrezza. Sfondò il cristallo, finendo proiettato oltre il muso della macchina e atterrando sulla neve ghiacciata, rotolando un paio di volte.

Lì giacque, infine, riverso sulla schiena e agonizzante. Non abbastanza, però, da non sentire la morsa del gelo, che lo azzannò alle spalle, ai fianchi, e parve anticipargli il freddo rigore della morte, la quale andava lambendo, come un'amante, le sue membra devastate.

Fu allora che i corvi cominciarono a divorarlo.

Mentre era ancora vivo.

Sentì i becchi, del colore della notte e forti come ganci di ferro, straziargli la carne e sfinirlo con una ferocia inimmaginabile. Urlò con quel poco di fiato che gli rimaneva in corpo.

Era patetico.

Infine, vide un corvo gigantesco librarsi di fronte a lui.

Il grande uccello parve osservarlo. Aveva grandi occhi neri nei quali balenavano riflessi bluastri. Per un attimo, Riccardo ebbe la sensazione di venire risucchiato da una vertigine di vuoto.

Poi, sentì le punte adunche degli artigli sulla gola, quindi il rostro nero che gli scavava gli occhi.

Morì scannato come un animale.

25

Bianco di neve,
rosso di sangue

Erano arrivati lì non appena l'agente Niccolò Dal Farra li aveva informati. Zoe se lo sentiva. Fin da quando quel mattino era caduta sulla neve in preda alla visione della donna arsa viva. Udiva ancora le sue grida e i versi strazianti e disumani provenienti dalle croci. Rivedeva il corvo sull'abete rosso che le aveva annunciato l'incubo a occhi aperti.

Alvise Stella era perfettamente calmo. Zoe si domandò se qualcosa potesse davvero turbare l'olimpica flemma del medico legale.

Scesero dall'auto. Niccolò Dal Farra li stava aspettando. Vicino a lui c'era un uomo dai lunghi baffi a manubrio. Indossava un parka, proprio come lei, e aveva pantaloni impermeabili e scarponi marroni. A prima vista sembrava un cacciatore.

L'agente li salutò. «L'ispettrice Zoe Tormen e il dottor Alvise Stella», annunciò poi, a beneficio dell'uomo con i baffi a manubrio, il quale annuì e si presentò a sua volta. «Samuel», si limitò a rispondere.

L'agente fece cenno di seguirlo.

Non dovettero fare molta strada.

L'automobile era un coupé. Zoe riconobbe subito le linee dell'Audi Quattro. Era di colore nero e si era schiantata contro il tronco di un pino colossale. A giudicare da com'era accartocciato il muso, la botta doveva essere stata davvero forte. L'uomo giaceva poco distante. Riverso sul terreno bianco di neve e rosso di sangue.

Guardando le tracce degli pneumatici, Zoe e Alvise concordarono sul fatto che l'uomo dovesse aver perduto il controllo della macchina, uscendo di strada. A quel punto, l'auto aveva impattato frontalmente contro l'albero e, per il contraccolpo, l'uomo era stato sbalzato fuori dalla vettura, sfondando il parabrezza e finendo ai piedi dei primi abeti del bosco, fra aghi e neve.

Ma l'orrore non finiva lì.

Si avvicinarono.

Il dottor Stella osservò quel che restava di quel povero disgraziato.

Come per il cadavere di Nicla Rossi, anche in quel caso il corpo era coperto da abrasioni, tagli e fori, quando non divorato. La stoffa della camicia e dei pantaloni era stata strappata, lacerata, in molti punti era ormai completamente mancante, e là dove la pelle era messa a nudo risultava tempestata di ferite rosse e veri e propri buchi. Braccia, torso e gambe erano un'unica, atroce mappa di dolore.

Cosa poteva essere accaduto?

«Quando sono arrivato, c'erano i corvi». Una voce risuonò nel vuoto.

Era quella dell'uomo che aveva trovato il cadavere.

Come si chiamava? Zoe non se lo ricordava. Poi le tornò in mente. «In che senso, Samuel?», domandò.

«Nel senso che lo stavano mangiando come avrebbero potuto fare con la carogna di un cervo».

Il dottor Stella ridusse gli occhi a fessure. «E a quel punto che cosa ha fatto?».

«Ciò che era necessario. Ho sparato».

«E quelli sono i bossoli del suo fucile?», domandò ancora il dottore, indicando un paio di capsule dal guscio in plastica verde.

«Per l'appunto. E questa è l'arma usata», aggiunse, mostrando un fucile Beretta calibro dodici.

«Ah».

«Ho un regolare porto d'armi per questo», sottolineò, ponendosi sulla difensiva, malgrado nessuno lo avesse accusato di nulla. Per maggior garanzia, fissò l'agente Niccolò Dal Farra, il quale annuì.

«Non lo mettiamo in discussione», lo rassicurò Zoe. «La vittima ha un nome?».

«Si chiama Riccardo Donadon», osservò l'agente di polizia.

«Ne è sicuro?», chiese il dottor Stella.

«Certo! Lo conosco da sempre. Ha una moglie e un figlio».

Zoe annuì all'indirizzo di Niccolò Dal Farra. «Cosa ne pensi?», domandò poi, rivolta al dottor Stella.

«Sembra la stessa storia dell'altra volta».

«Cioè?».

«Nicla Rossi vede qualcosa che la distrae o forse la terrorizza addirittura, al punto che si storce una caviglia, cade e finisce uccisa, privata degli occhi e, successivamente, divorata dai corvi».

«E anche in questo caso, Riccardo Donadon sembra aver perso il controllo dell'auto», disse Zoe. «Mi domando perché. Se abita da queste parti, dovrebbe conoscere abbastanza bene la strada...», spiegò a Dal Farra.

«Sì».

«Qualcosa però lo ha perlomeno distratto», osservò lei.

«Appunto». Alvise Stella si avvicinò ancora di più al cadavere. Si accovacciò. «Scommetto che, esaminando il corpo con attenzione, troverò le medesime tracce che ho rinvenuto sull'osso sfenoide della povera Nicla Rossi. A giudicare dall'aspetto delle ferite e dalle condizioni del corpo, non può essere morto da più di quattro o cinque ore».

«Cosa ti fa essere così sicuro? Il *rigor mortis*?».

«Esatto. Le membra hanno già cominciato a irrigidirsi, ma direi che il processo è ancora in una fase iniziale».

«Ricordi cosa avevamo ipotizzato? Sembra che l'assassino voglia mimetizzarsi», osservò Zoe.

«Hai ragione».

«Lo ripeto: se escludiamo che siano stati i corvi a cavargli gli occhi, allora qualcuno sta approfittando della loro azione per strapparli e uccidere le vittime. Penso addirittura che intenda farci credere che siano stati proprio gli uccelli a fare scempio di Riccardo Donadon. Esattamente come con Nicla».

Il dottor Stella sospirò. «Potresti avere ragione».

Ancora una volta Zoe si rivolse a Samuel: «Quando ha trovato il corpo, gli occhi erano già mancanti?».

Il vecchio annuì.

«Ne è sicuro?».

«Gli uccelli si stavano dando da fare su torso e membra, ma la testa era già così come l'avete trovata».

«D'accordo».

«Una cosa…», aggiunse Samuel.

«La ascolto», disse Zoe.

«Non erano corvi normali».

«Cosa intende dire?», chiese il dottor Stella.

«Insomma, non sono un esperto, ma li osservo da molto tempo. Potrei sicuramente definirmi un appassionato di corvi, cornacchie, gazze… appartengono tutti alla stessa famiglia, lo sapevate?», domandò Samuel a Zoe e al dottor Stella.

«Lo sapevo», rispose quest'ultimo, «ma non vedo dove lei voglia arrivare».

«Ora glielo dico. Non erano cornacchie comuni, non so se mi spiego».

«Ne è certo?», chiese il dottor Stella.

«Aggiungo anzi», continuò Samuel come se non lo avesse sentito, «che erano corvi imperiali».

«C'è differenza?», domandò Zoe.

«Eccome. I corvi imperiali sono molto più grandi, possono pesare fino a due chili e hanno un'apertura alare che può superare il metro e mezzo di lunghezza».

A Zoe tornò in mente il grande uccello che aveva visto quel mattino sulla punta dell'abete rosso. Sembrava corrispondere perfettamente alla descrizione appena fornita da Samuel. «Questa mattina ne ho visto uno, poco lontano dal paese», confessò.

«Lo vede?», disse il cacciatore. Poi continuò: «I corvi imperiali sono intelligenti e, all'occorrenza, più aggressivi di tutti gli altri corvidi. Quello che non capisco», continuò Samuel, «è che cosa ci facessero qui».

«In che senso?», domandò il dottor Stella.

«Questa tipologia di corvi», osservò il vecchio cacciatore, «non è così comune dalle nostre parti. Certo, il freddo di questi giorni, le abbondanti nevicate e il luogo particolarmente isolato potrebbero avere attirato uno stormo, ma rimane comunque un fatto insolito. Ci dev'essere qualcos'altro».

Mentre Samuel concludeva la sua spiegazione, Zoe ebbe un'idea. Forse si sbagliava, ma valeva la pena tentare. Tutto pareva riportare alla locanda. Non voleva allarmare nessuno però, quindi si rivolse al dottor Stella: «Vado a dare la notizia alla moglie di Riccardo Donadon, qualcuno dovrà pur informarla. Voi intanto potreste svolgere ulteriori rilievi sul luogo, trasferire poi la salma e condurre eventuali altri accertamenti». Intenzionalmente, non disse che si sarebbe fermata anche da Rauna.

«Faremo così», disse il dottor Stella.

«Agente Dal Farra?».

«Sì?».

«L'indirizzo».

Il poliziotto la guardò senza capire.

«Dove abitano i Donadon?».

26
Sette

Si erano divisi.

Zoe stava andando da Anna Donadon. Prima, però, proprio come aveva deciso, scelse di raggiungere la locanda. Alcune cose non tornavano. A cominciare dal nome. I sette corvi. Sette come le croci incendiate nell'incubo. E su quelle croci ardenti c'erano degli esseri pigolanti che strillavano in un modo rivoltante. Erano corvi? E poi la scena che aveva visto pareva uscire da un'altra epoca. La vecchia Rauna aveva affermato che la locanda doveva avere almeno cinquecento anni. Era forse un caso? E la visione di quel mattino c'entrava qualcosa con le storie di cui parlava la locandiera?

La trovò sul retro. Guardava il cielo come se avesse dovuto tirarne fuori dell'oro.

«Rauna», disse Zoe, «cosa sa di una donna arsa viva? E perché il nome di questo posto è Locanda dei Sette Corvi?».

La vecchia tacque per un po'. Poi rispose: «Allora avevo ragione, sei proprio quella che pensavo».

«Non capisco».

«Capirai».

«Le storie», disse Zoe. «Di cosa parlano?».

«Sei sicura di volerlo sapere?».

«C'entrano i corvi?».

«Forse, ma magari sono tutte balle».

«Devo sbrigarmi. Voglio essere io a informare Anna Donadon della morte del marito».

«Mi dispiace».

Zoe scosse la testa. «Non mi sta aiutando. La storia! Perché la locanda è chiamata dei Sette Corvi? È possibile che secoli fa, in questo luogo, sia stata bruciata una donna?».

«Sei stata veloce, ragazzina».

«Non posso permettermi il lusso di dilungarmi a giocare agli indovinelli con lei, anche se a una parte di me piacerebbe».

Rauna volse lo sguardo e qualcosa nei suoi occhi brillò. «Un tempo a Rauch una donna venne arsa viva. Fu giudicata come strega dal vescovo di Belluno. Insieme a lei bruciarono sette corvi su sette croci. Non ne so molto di più».

Zoe rimase senza parole. «Sta scherzando?».

«Niente affatto. Ma è solo una leggenda».

«Una…».

«… leggenda. Una storia che contiene un fondo di verità».

«So cos'è una leggenda», tagliò corto l'ispettrice. «È solo che questa mattina sono andata a correre. A un certo punto un corvo ha rotto il silenzio del cielo, non ne avevo mai visto uno così grande».

«Un corvo imperiale», mormorò la vecchia Rauna, gli occhi sbarrati come se fosse in trance.

«Già! Proprio così, uguale a quelli che hanno divorato il corpo di Nicla Rossi e di Riccardo Donadon».

La vecchia sospirò. «È terribile».

«Già, è terribile, e dobbiamo fermare questa follia. Qualcuno si sta nascondendo dietro le ombre di questa leggenda nera, qualsiasi essa sia, e ne approfitta per uccidere. Dopo che il corvo ha gracchiato stamattina, sono caduta nella neve e ho avuto un incubo a occhi aperti. Ho visto una donna in fiamme sopra una pira e sette croci con sette cose che urlavano. Com'è possibile?».

«Oggi hai visto quello che accadde molto tempo fa, ragazzina. Allora è vero».

«Non capisco!», urlò Zoe, tenendosi la testa.

«E allora te lo ripeto. Il vescovo di Belluno aveva sette corvi. Erano i suoi aiutanti. Dalla torre del castello volavano via e planavano sui tetti delle case di criminali e assassini. Quando si posavano, i corvi condannavano coloro che abitavano in quel luogo. Ma un giorno fallirono e il vescovo li fece bruciare sulle croci insieme a una donna. Non so altro, ma questa è la storia!», sentenziò la vecchia Rauna con gli occhi spiritati. Sembrava stesse rivivendo un tempo lontano.

«Che diavolo sta blaterando? E si aspetta che creda a queste favole per bambini?».

La vecchia Rauna prese per i polsi Zoe, fulminandola con lo sguardo. «Non ti azzardare, ragazzina! Farai bene a crederci, invece. I corvi sono tornati e avranno la loro vendetta!».

«Lei è pazza!», disse Zoe.

«È probabile, ma se avessi ragione, tu potresti essere l'unica in grado di salvare questo luogo».

«Sta delirando».

«Le storie sono molto più potenti di quanto immaginiamo».

Zoe guardò la vecchia. Le faceva paura il modo in cui parlava. E le faceva ancora più paura l'ipotesi che potesse aver ragione.

Tanto più perché, nel profondo del proprio cuore, una piccola parte di lei stava già accettando la verità raccontata dall'anziana.

La paura la fece scappare.

La vecchia le urlò dietro: «Dove corri, ragazzina? Non puoi fuggire al tuo destino!».

Ma Zoe non la voleva sentire. Si tappò le orecchie e si precipitò alla Lancia Delta. Salì in auto e sgommò via, sollevando un festone di neve e ghiaccio.

«È appena cominciata», l'ammonì Rauna. «E presto arriverà una tormenta».

Un nero fumo tingeva la volta. Presto, l'avrebbe oscurata completamente. Rauna guardò le cime dei monti, interrogandole. Era consapevole che la soluzione di quella tragedia andasse trovata fra le schiene pietrose di quei giganti di roccia. Non v'era altro modo. E la ragazzina sarebbe stata il vascello perfetto. Doveva solo accettare il proprio destino. Ci sarebbe voluto del tempo, naturalmente. Tempo che non avevano. Ma la verità era talmente crudele e la memoria dei fatti compiuti così spietata che lo avrebbero trovato, quel tempo. E qualcuno avrebbe pagato il prezzo, ne era certa.

Sapeva anche che era inevitabile. Era sempre stato così, in ogni storia c'era una strage di innocenti.

E quella non avrebbe fatto eccezione.

Guardò di fronte a sé: discosto, quasi celato dietro le pareti più imponenti, un profilo cupo e incombente si rivelava al suo sguardo. Conosceva quel luogo e sapeva che presto o tardi l'avrebbe conosciuto anche Zoe.

27
Presagi

Qualcosa non andava.

Anna ne aveva la certezza. A mezzogiorno, Riccardo non era ancora tornato. Non solo. Il cielo minacciava neve. Sapeva che intendeva fermarsi a Belluno. Il giorno prima aveva avuto un importante incontro di lavoro e quasi sicuramente doveva essere andato per le lunghe. Di certo, Riccardo era rimasto in città a dormire nel retro del negozio. Era già capitato in passato, e sicuramente la litigata prima di partire non lo aveva incoraggiato a tornare il giorno stesso.

Ma di solito, quando rimaneva via la notte, arrivava la mattina presto, in tempo per salutare Marco prima che andasse a scuola. Invece non era accaduto.

Aveva uno strano presentimento.

Fu quindi con timore che andò alla porta, quando qualcuno suonò al campanello. Non poteva essere Riccardo: aveva le chiavi. Aprì e si trovò davanti una donna dai lunghi capelli castani. Era piuttosto alta, indossava un parka, una camicia a quadri, jeans e scarponi. Aveva lo sguardo chiaro e dritto; quel tipo di sguardo che lei apprezzava nelle persone.

«Signora Donadon, sono l'ispettrice di polizia Zoe Tormen…».

«Mio marito», disse Anna, quasi si aspettasse un incontro come quello. «È successo qualcosa a Riccardo, non è vero?».

«Temo di sì».

Senza che l'ispettrice aggiungesse una parola, Anna capì. Ebbe la presenza di spirito di invitarla a entrare. «Prego», disse, «temo nevicherà e fa molto freddo, venga al caldo».

Un istante dopo, erano entrambe nella sala da pranzo, con il camino acceso.

L'ispettrice aveva grandi occhi verdi che in base alla luce viravano al grigio e all'azzurro.

«Posso offrirle qualcosa? Un tè, una birra, un caffè?». Anna si fece forza affidandosi al rispetto della forma. Era un suo vecchio meccanismo di difesa.

«Un bicchiere d'acqua sarebbe perfetto, grazie», rispose l'ispettrice.

Anna andò in cucina e tornò portando una caraffa piena con due bicchieri sopra un vassoio d'argento.

Posò tutto sul tavolo. «È morto, non è vero?», domandò a quel punto.

L'ispettrice annuì. «Purtroppo sì», disse. «Un incidente. Ha perso il controllo dell'autovettura, una Audi Quattro nera».

«È la sua», ammise Anna. «Che sciocca, per un istante ho sperato ci fosse un errore».

«È uscito di strada ed è andato a sbattere contro un pino».

Anna scosse la testa. «Sono stata un'idiota», continuò. «Quanto sto per dirle le suonerà assurdo eppure, in un certo senso, presagivo qualcosa di tragico. Non riesco a spiegarlo, ma è così. Quello che mi ha appena comunicato mi distrugge, ma non mi sorprende. E sa qual è il peggio? Ieri mattina, l'ultima volta che l'ho visto, è andato via di casa arrabbiato con me».

E a quel punto scoppiò a piangere. Aveva molte ragioni per farlo. La morte di suo marito, le liti fra loro, la sua infedeltà. Si scusò fra i singhiozzi.

«Non c'è niente di cui scusarsi, signora Donadon».

Anna continuò. Le lacrime le segnarono le gote. Poi s'impose di smettere.

L'ispettrice le porse un fazzoletto di stoffa. Era bianco e aveva un vago profumo di lavanda. Lei intendeva darsi un contegno. E quella giovane ispettrice, che lo aveva capito, la stava aiutando con un semplice gesto. Le piaceva. Poche parole, il silenzio dovuto.

Poi Anna si ricordò di Marco; doveva andare a prenderlo a scuola.

«L'accompagno», si offrì Zoe.

«Non si disturbi», disse Anna. «Immagino avrà da fare».

L'ispettrice scosse la testa. «Insisto».

Anna sospirò. Ne aveva bisogno. «D'accordo. La ringrazio», concluse, porgendole il fazzoletto.

«Lo tenga», l'invitò l'ispettrice con una nota gentile nella voce.

Un istante più tardi erano fuori.

Il cielo era velato di nuvole grigie. L'aria era perfettamente calma e ammantata d'un silenzio che si sarebbe potuto tagliare con il coltello.

L'ispettrice di polizia Zoe Tormen salì sulla Lancia Delta, imitata da Anna Donadon.

28

Il capanno

Marco e Pietro amavano l'hockey.

Per loro quel gioco era quanto di più serio esistesse al mondo. L'inverno era la stagione ideale, da quel punto di vista, anche se a Rauch c'era neve per almeno cinque mesi l'anno. A ogni modo, nel periodo freddo, ogni occasione era buona per andare al laghetto e cimentarsi con stecche e dischi. Lo facevano almeno quattro volte la settimana. A volte anche cinque.

E quel giorno, in barba alle raccomandazioni dell'ispettrice, si erano inventati un modo per andarsene da scuola non visti.

E poi erano corsi al laghetto ghiacciato.

Appena arrivati, avevano scoperto che, dalla tribuna, qualcuno li osservava.

Marco fu sorpreso nel riconoscere Lu. Era vestita completamente di nero e sulla pelle d'avorio gli occhi azzurri scintillavano. «Ehi», la salutò, «che ci fai qui?».

«Avevo bisogno d'una boccata d'aria», fu la risposta. «E poi mi piace guardarvi mentre pattinate e fate pratica».

«Wow!», esclamò Marco. «E allora diamoci dentro».
Intendeva fare il possibile per dimenticarsi del piccolo
pullo morto.

E così cominciarono ad allenarsi come sempre.

Per rafforzarsi nei passaggi e nei tiri, utilizzarono dischi
di ferro: glieli procurava un amico di Pietro. Nell'uno
contro uno, provarono spesso nuovi modi per involarsi
verso la porta. Erano spietati l'uno con l'altro, e questo
permetteva loro di inventarsi un vero e proprio catalogo
di finte, movimenti, cambi di direzione, incroci, giochi
fra pattino e stecca per nascondere il disco. Fisicamente
si equivalevano abbastanza e si erano dati come regola
quella di marcarsi nel modo più sporco possibile, perché
nell'hockey non si andava certo per il sottile.

Si esercitarono a utilizzare il polso al meglio per rendere i tiri più imprevedibili e improvvisi.

Ogni tanto, durante le giocate più spettacolari, Lu batteva le mani.

Gli allenamenti avevano reso i due ragazzi almeno
cinque volte più veloci dell'anno precedente, senza contare che, nel medesimo tempo, Marco e Pietro erano riusciti a mettere su parecchia massa muscolare, e questo
garantiva loro un'esplosività maggiore da un punto di
vista fisico.

Si stavano giusto affrontando, con Marco in fase d'attacco e Pietro a difendere, quando scorsero il cielo diventare del colore del carbone.

«Sta per nevicare», esclamò Lu dalla tribuna, «e tanto».

«Una tormenta», fu la risposta di Marco.

Lui e Pietro si capirono al volo. Raggiunsero il limite

del laghetto e poi la tribuna di legno. Tolsero i pattini, li cacciarono negli zaini e, insieme a Lu, corsero a rotta di collo lontano da lì.

«La baita», disse la ragazza, «prima che sia troppo tardi».

Il vento si alzò impetuoso, facendo turbinare aghi di neve. Erano fiocchi, ma talmente ghiacciati e duri che pungevano. Sarebbe potuta sembrare una tempesta di sabbia, se non fosse stata gelida.

La tormenta era iniziata.

«Forza!», urlò Marco, ben consapevole che, se avessero esitato, presto non sarebbero nemmeno riusciti a distinguere le loro mani.

Scorsero di fronte a loro la baita. Era solida, tozza e robusta, con mura in pietra spesse un metro e più.

La velocità del vento stava aumentando. Presto, le raffiche sarebbero state talmente micidiali da tagliare il volto, e la sabbia ghiacciata che turbinava incessantemente avrebbe fatto il resto.

La temperatura era crollata all'improvviso.

Marco avanzava con fatica, ma gli allenamenti avevano giovato alla sua resistenza e poi Lu era stata così sveglia da individuare immediatamente il posto dove rifugiarsi.

Non avevano perso tempo.

Tuttavia, malgrado lui e Pietro fossero giovani e forti, avevano Lu davanti a loro. Quella ragazza era un'ira di Dio; correva a perdifiato, tentando di vincere la resistenza del vento che spirava contro di lei e la colpiva con migliaia di minuscoli aghi gelati.

«La chiave!», urlò Pietro.

A Marco parve fosse distante due chilometri almeno. Si voltò e vide che era a non più di quattro passi da lui. «È sotto il ciocco di legno, alla destra della porta d'ingresso!».

Mentre le raffiche diventavano sempre più terribili, la neve andava riempiendogli le narici, al punto che ormai faticava a respirare. Sentiva il gelo nelle membra, la polvere di ghiaccio lo sferzava a causa delle folate rabbiose, e Marco aveva la sensazione che la sua pelle andasse coprendosi di ustioni, come se il vento recasse con sé il fuoco.

I cristalli di neve gli entrarono negli occhi. Ne ebbe terrore, perché cominciò a lacrimare e le lacrime congelarono all'istante, rendendolo quasi cieco.

Gridò.

Ma il vento gli ruggiva nelle orecchie e tutt'attorno, e nessuno lo sentì. Nemmeno Pietro, che annaspava dietro di lui.

Lu, radunando le ultime energie a disposizione, si tuffò in avanti, per poi strisciare fino alla base del grande tronco. Lo spostò, recuperando la chiave. Una volta rialzatasi in piedi, provò a infilarla nella serratura, ma fallì perché scorgere anche solo la sagoma della toppa era un'impresa impossibile.

Con il guanto da hockey, Marco si pulì gli occhi, graffiandosi il volto per via dei taglienti cristalli di ghiaccio.

Ormai l'aria era quasi satura di acuminati fiocchi di neve, come se la polvere gelata riempisse ogni spazio possibile.

Nel frattempo, Lu, rallentando il movimento e concentrandosi al massimo, aveva aperto la porta catapultandosi nella baita.

Marco e Pietro la seguirono a ruota.

Tutti insieme spinsero il battente e fecero girare la chiave, chiudendosi dentro e aiutandosi a infilare la grande trave di legno sui cardini, così da sbarrare la porta.

Crollarono a terra.

Fuori, nel frattempo, un inferno di ghiaccio si stava abbattendo su Rauch.

Lì dentro tornarono a respirare. Boccheggiavano.

Malgrado i guantoni da hockey, le mani gli dolevano per il freddo.

Un po' alla volta, Marco ebbe la forza di volgere lo sguardo. Vide una grande fascina di legna asciutta, vicino al camino.

Per fortuna il responsabile della baita era stato previdente.

Qualcuno lo toccò. Era Lu. Si guardarono.

Capirono di essere vivi per miracolo.

29

A scuola

Parcheggiarono davanti alla scuola.

Zoe e Anna scesero dalla Delta ed entrarono nella palazzina. La neve cadeva in turbini selvaggi. Il vento si era alzato e frustava i loro volti. Arrivarono di corsa alla porta d'ingresso.

Venne loro aperto.

«Siamo qui per Marco Donadon», disse Anna al bidello. Era un uomo di bassa statura, magro come uno spratto, con pochi capelli. «Scusi il ritardo, ma abbiamo avuto un problema e non siamo riuscite ad arrivare prima». Parlò, trattenendo le lacrime.

«Non è qui», rispose il bidello, «dev'essere ancora in aula».

«Mi accompagna da lui?».

«Mi segua».

«Ti aspetto». Zoe la tranquillizzò e le fece un cenno con il capo. Aveva deciso di darle del tu: era il minimo, dato quello che stavano vivendo insieme.

Attese.

Dalle vetrate vide gli alberi piegarsi sotto il giogo del

vento. La neve cadeva sempre più copiosa. I fiocchi non erano grandi ma somigliavano, invece, a minuscoli proiettili di ghiaccio che venivano sollevati in onde sempre più alte e sparati come aghi contro tutto ciò che incontravano.

Trascorsero alcuni minuti.

Non riusciva a capire come mai ci mettessero così tanto. Infine, Anna ritornò di corsa. Era sconvolta. Dietro di lei veniva la preside, poi, più distante, il bidello.

La dirigente scolastica era visibilmente in difficoltà e cercava di giustificarsi: «La prego, mi creda, sono sorpresa quanto lei».

«Siete degli imbecilli! Le giuro che, se è successo qualcosa a mio figlio, me la pagherà cara».

«Che succede?», domandò Zoe.

«Marco non c'è».

«E dov'è?».

«Mi piacerebbe saperlo. Ma un'idea me la sono fatta».

«Rimanete qui», provò ad ammonirle la preside. «Dove credete di andare? Avete visto il tempo fuori?». Poi parve accorgersi per la prima volta della presenza di Zoe. «Ispettrice!», esclamò, sopraffatta dallo stupore.

«Preside».

«Mio figlio è un irresponsabile, ma toccava a voi assicurarvi che non lasciasse l'istituto!», gridò Anna.

La preside non ebbe neanche il tempo di replicare che Anna aveva già inforcato l'uscita.

«Che facciamo?», domandò Zoe.

«Il laghetto», disse Anna, «sono sicura che è andato lì insieme a Pietro. Si saranno voluti allenare. L'hockey su ghiaccio è l'unico credo di mio figlio. Speriamo solo di arrivare in tempo».

In un attimo furono di nuovo a bordo della Delta.

Zoe fece rombare il motore. E partirono.

Allora Anna sentì di dover ringraziare l'ispettrice per l'aiuto inaspettato che le stava dando.

Zoe le prese semplicemente la mano, un po' a volerle fare forza e un po' come una tacita replica.

«Devo confessarti una cosa», ammise Anna. Dopo quel gesto, sentiva di potersi aprire completamente con la donna che aveva di fianco. Quella stretta le aveva morso il cuore e ora lei intendeva essere sincera; e inoltre, aveva bisogno di liberarsi. «Non so come mai ti sto confidando questa cosa; forse è perché ho bisogno di buttare fuori il dolore, ma anche perché ritengo di poterti aiutare nelle tue indagini».

«Ti ascolto», disse Zoe. Stavano procedendo lungo una stradina stretta e le quattro ruote motrici della Delta sollevavano muri di neve.

«Ho paura di aver commesso un errore».

«Be', allora devi metterti in fila. Perché come te, lo fa ogni giorno l'umanità intera».

«Può darsi», disse Anna, «ma questo non migliora affatto le cose».

«Lo immagino».

«Tradivo Riccardo».

Zoe tacque. E Anna le fu grata. L'ultima cosa di cui aveva bisogno in quel momento era di sentirsi perdonata. «Con il padre di Pietro, l'amico di mio figlio, Fulvio Corona».

Ancora una volta a risponderle fu il silenzio.

«Ma proprio ieri l'ho lasciato. E ho paura che possa essersi vendicato».

«Ammazzando Riccardo?», domandò finalmente Zoe.

«Sì», rispose Anna con un filo di voce.

L'ispettrice sospirò. «Ascolta, capisco come tu possa sentirti. Ma se devo essere sincera, non mi pare probabile. L'assassino, chiunque sia, uccide sempre nello stesso modo. E Nicla Rossi è morta prima che tu interrompessi la relazione con il tuo amante. Sempre ammesso che l'omicida sia un essere umano».

«Che intendi dire?», domandò Anna.

«Quello che ho appena detto».

30

Cielo nero

Il cielo virava al nero, come se un immenso livido avesse ricoperto la volta. All'interno del fienile – riattato a sala autoptica – in cui aveva esaminato la salma di Nicla Rossi, il dottor Stella stava analizzando il corpo di Riccardo Donadon. Era riuscito a portarlo in quel luogo grazie al furgone di Samuel, che ora era vicino a lui. Aveva chiesto al cacciatore di rimanere ancora un po' perché voleva poter beneficiare delle sue notevoli conoscenze dei corvi. Dal mattino, ormai, si lambiccava il cervello riguardo i graffi e i tagli prodotti sull'osso sfenoide dall'ipotetica lama di coltello.

La verità era che, inizialmente, aveva escluso che gli occhi fossero stati asportati dai corvi, perché i becchi degli uccelli erano troppo piccoli per fare danni come quelli che aveva riscontrato.

Ma se era possibile ammettere che uno stormo di corvi imperiali fosse presente a Rauch in quel momento, allora la faccenda poteva essere diversa. E l'intera questione venire rivista sotto ben altra luce.

Il cadavere era adagiato su un letto d'acciaio in tutto

e per tutto simile a quello sul quale aveva esaminato il corpo di Nicla Rossi. Aveva fatto in modo di osservare al meglio le cavità oculari di Riccardo Donadon, e ora era certo di aver riscontrato le medesime tracce rilevate in quelle della professoressa.

Mostrò le ferite a Samuel. «Le vede?», domandò.

«Dovrei essere cieco per non vederle».

«Naturalmente», rispose il medico legale. «Che cosa ne pensa?».

«Mi sembrano tracce lasciate da una punta dura che abbia scavato con forza, accanendosi, come se strappare gli occhi non fosse abbastanza».

«Non avrei saputo rendere meglio il concetto», confermò il dottor Alvise Stella, annuendo. «Samuel, secondo lei è possibile che il becco di un corvo imperiale determini lesioni come queste? Dapprincipio lo avevo escluso, pensando che solo una lama riuscisse a infliggere ferite del genere...».

«E aveva ragione. Ma se ammettiamo che a strappare gli occhi di questo disgraziato sia stato il becco di un grosso corvo imperiale, allora mi sento di affermare che quelle lesioni sono compatibili».

«Cosa le dà questa certezza?».

«Vede, dottore», continuò Samuel, «quegli uccelli dispongono di un becco molto robusto, per usare un eufemismo. Di fatto, i danni che un grosso corvo imperiale può infliggere sono gli stessi di un punteruolo».

«Se è come sostiene lei, allora il problema che potremmo avere è ancora più grande di quanto immaginassimo».

«Quando sono arrivato, gli occhi erano stati già strappati, ma quello che ho visto superava ogni immaginazione. C'erano almeno tre o quattrocento corvi nei pressi del cadavere di questo disgraziato, ed erano tutti uccelli con almeno un metro e mezzo di apertura alare. Mettevano i brividi e confesso che, se non avessi avuto con me il fucile, mi sarei guardato bene dall'avvicinarmi. Se solo avessero deciso di attaccarmi, avrebbero potuto farmi a pezzi. Invece, mi hanno risparmiato, ma sono vivo per miracolo».

«Capisco».

«No, invece, non capisce. I corvi imperiali sono uccelli di rara intelligenza e, all'occorrenza, spietatezza. Se il gelo li sta spingendo a trovare cibo, non mi sento di escludere che possano nutrirsi di carogne, ivi compresi i cadaveri. Ma, allo stesso tempo, non ho mai sentito che arrivino ad attaccare l'uomo quando è vivo».

«Per quello avevo escluso l'ipotesi che lei sembra proporre».

«Dottore, io non propongo niente, le sto descrivendo quanto ho visto».

Ancora una volta, Alvise Stella osservò perplesso le lesioni sull'osso sfenoide. Poi girò lo sguardo verso la vetrata che dava sulla valle in cui era adagiato il paese di Rauch.

La tormenta di neve sembrava placarsi. Almeno in parte.

Ma qualcosa di ben più terrificante stava per abbattersi su di loro.

31
L'assalto

Si avvertì uno schianto contro la vetrata in corrispondenza del tetto. Pareva che qualcuno avesse scagliato un sasso con tutta la forza possibile. Ciò che sconvolse Alvise Stella fu vedere sangue e cervello esploso contro la superficie riflettente.

Dapprincipio non capì.

Ma quando un secondo corvo si lanciò in picchiata, schiantandosi come un proiettile contro il vetro, tutto gli fu chiaro.

Un istante dopo, mentre l'uccello si accasciava senza vita, lasciandosi dietro una scia di sangue e materia cerebrale, un intero stormo di corvi giganteschi ricoprì la grande vetrata, e tutti cominciarono a battere con i loro becchi, duri come il diamante, contro la superficie.

Producevano un suono sinistro, una sorta di cupo tintinnio che, un po' alla volta, fece sì che le crepe si moltiplicassero.

Il dottor Stella era basito, eppure era esattamente ciò che stava accadendo. I corvi fissavano lui e Samuel con i loro occhi infernali e picchiavano i becchi con una spietatezza irriducibile. Rimase a osservarli, quasi avessero il potere di soggiogarlo con un incantesimo.

«Dobbiamo fuggire!», urlò Samuel all'indirizzo del medico legale e si lanciò verso la porta. Ma vide con la coda dell'occhio che anche la vetrata affacciata sulla valle si era riempita di corvi, diventando una cosa viva, nera e pulsante, e udì chiaramente il frullo insistito delle loro ali anche dietro la porta.

«Non lo faccia», disse il dottor Stella, «o la divoreranno non appena metterà la testa fuori».

A quel punto, alzarono entrambi lo sguardo.

Era fin troppo chiaro quali fossero le loro intenzioni.

«Vogliono sfondare il vetro e poi farci a pezzi», disse Samuel, dando voce al proprio terrore.

«Non è possibile», replicò il dottor Stella, quasi fosse in trance: non si capacitava di quanto stava succedendo.

«Dottore, non resti lì impalato, si procuri un'arma», urlò Samuel, recuperando il proprio fucile. Infilò cinque pallottole nel caricatore. Eseguì l'operazione con calma, come se avesse tutto il tempo del mondo. Non era il momento di perdere la testa.

Il dottor Stella si guardò attorno. Non aveva armi da fuoco, tutto ciò su cui poteva contare erano il coltello per scuoiare e la mannaia da autopsia.

Erano gli unici strumenti con delle lame lunghe e affilate. Li impugnò.

Nel frattempo, al solo scopo di allontanare gli uccelli, sperando di incutere loro un qualche timore, Samuel prese la mira e sparò.

All'interno della stalla il colpo risuonò più forte di una cannonata.

Il proiettile forò il vetro ormai prossimo a frantumarsi e colpì al collo uno dei corvi, strappandogli uno strano pigolio di dolore. Il sangue grondò a pioggia e l'uccello venne scagliato all'indietro a causa della violenza dell'impatto. Ma un istante più tardi, un altro corvo prese il suo posto e ricominciò a picchiare con il becco contro la ragnatela di crepe che serpeggiava lungo il vetro.

Facilitati dal foro del proiettile, gli uccelli riuscirono in breve a fare a pezzi una porzione non indifferente di cristallo, il quale infine si staccò, cadendo di sotto in una miriade di frammenti.

Un attimo dopo, una dozzina di corvi planò verso i due uomini che stavano sotto di loro.

Samuel sparò due volte, in rapida successione, e altrettanti uccelli caddero a terra come frutti marci.

Morti.

Ma non ebbe il tempo di tirare un terzo colpo. I becchi lo dilaniarono mentre espelleva il bossolo dalla camera di scoppio, e Alvise Stella lo vide scomparire fra le grandi ali che lo ricoprirono, riducendolo a un cumulo di piume nere, mentre il poveruomo si dibatteva nel disperato tentativo di liberarsi. Le sue urla erano talmente agghiaccianti che il dottore riuscì a stento a vibrare una delle due lame da taglio. Mentre lo faceva, un corvo gli piantò gli artigli in testa come se dovesse scalparlo, subito imitato da un secondo. Il dottor Stella si muoveva alla cieca, nella speranza di affondare la lama in qualcosa. Ci riuscì, e il successo lo galvanizzò. Vibrò un secondo affondo e un terzo, e ogni volta la lama usciva da quei corpi piumati grondante sangue scuro.

Ma Alvise sapeva che quella era stata solo fortuna. Volse lo sguardo là dove stava Samuel, una torre di piume urlanti che girava su sé stessa. Poi udì uno sparo e il corpo cadde a terra.

Il povero cacciatore aveva scelto di morire, senza concedersi vivo allo stormo.

A denti stretti, in lacrime, sapendo che non sarebbe mai sopravvissuto, il dottor Stella si consegnò all'orrore.

Nei pochi secondi di vita che gli rimanevano, pensò a quante cose non aveva fatto e non avrebbe più potuto fare: nessun matrimonio, niente figli, non era nemmeno diventato un luminare della medicina legale. Così, mentre la morte si avvicinava in un modo orribile, si cullò nei rimpianti.

I corvi planarono sulla sua schiena, piantandovi artigli e becchi e facendone scempio. Il dottor Stella lasciò cadere le braccia lungo i fianchi, consegnandosi a quei mostri.

Gli uccelli gracchianti gli strapparono brani di carne, affollandosi famelici sulle sue spalle, trasformandole in un oceano di dolore e sangue. Con la sinistra, il dottor Stella afferrò il coltello d'autopsia e in un unico, fluido movimento se lo piantò in gola, squarciandosi la giugulare.

Un istante dopo spirò.

Gongolanti per l'inaspettato banchetto, i corvi si radunarono a decine sopra di lui e lo spolparono avidamente in un silenzio di morte.

Nel frattempo, sotto il suo cadavere si allargava una rossa pozza di sangue.

32

Il castigo

Il gelo pareva aver divorato il tempo e lo spazio.

Rauch era un unico grumo bianco di neve. Il vento fischiante sferzava le pietre e i tetti delle case. Il silenzio prometteva una morte lenta, ineludibile, crudele.

I corvi apparvero tutti insieme, quasi obbedissero a un richiamo soprannaturale. Nessuno avrebbe saputo dire se fosse stata la fame, il gelo o la rabbia a trasformarli in cacciatori assetati di sangue. Ma i riflessi metallici delle piume nere erano autentici vessilli di morte e l'aura bluastra degli occhi rivelava una determinazione ferma, incrollabile. Come se avessero atteso fino a quel momento prima di colpire. Rinunciando, almeno per un po', a quella natura che li voleva assassini senza che fossero mai stati tali. O forse, invece, v'era in loro una memoria di trapasso, sepolta per lungo tempo, e che ora, però, come un rigurgito, riappariva nei loro becchi e artigli, governandone le azioni al di là del loro istinto. Così, trasfigurati, stavano appollaiati sulle cime dei pini, sui tralicci, sulle staccionate, e guardavano rapinosi il mondo delle donne e degli uomini che tornava a riprendersi dopo la tormenta.

Attesero con pazienza, senza fretta, dando a ciascuno il tempo di cullare il proprio risveglio, rimanendo fermi, impettiti, non privi di una postura marziale, eppure allo stesso tempo bizzarramente dissonanti, simili a un esercito di fantaccini o di soldati da operetta che annusano il fumo di un rancio lungamente promesso.

Ma non v'era nulla di comico o divertente in quella loro veglia. Spiavano, studiavano, pregustavano la preda.

E la preda non sapeva di essere tale. Perché nessuno aveva capito il cuore del problema.

Quando le donne e gli uomini di Rauch salutarono la famiglia e intrapresero i cammini quotidiani, scendendo la valle o salendo lungo le vie o i sentieri, la nuvola nera di corvi si preparò, dando ancora tempo al genere umano.

Infine, nelle prime ore del pomeriggio, gli uccelli riempirono il cielo e si gettarono in picchiata contro vittime ignare di aver ereditato una colpa.

La dottoressa Paola Castagna, preside della scuola media, era appena rientrata dal lavoro. Erano circa le quattro del pomeriggio. Mentre si trovava a bordo della propria Fiat Panda 4x4, ebbe la sensazione di essere osservata. Non avrebbe saputo indicare la ragione di un simile stato d'animo. Forse andava cercata nel senso di colpa che montava in lei per via della fuga di Marco dall'istituto. Aveva mancato alla parola data e alla propria responsabilità. Si era impegnata a garantire la sicurezza di quegli adolescenti e poi non era nemmeno stata in grado di sorvegliarli. Quel fatto riverberava nel suo cuore, restituendole tutta la sua incompetenza e inettitudine. Per quello, dunque, aveva la sensazione d'essere oggetto d'attenzione: era una fantasia giustificata dalle sue mancanze e dalla coscienza sporca.

Nevicava ancora copiosamente, ma non con la furiosa intensità che aveva caratterizzato la tormenta fino a pochi minuti prima.

Arrivata di fronte alla sua abitazione, Paola parcheggiò. Viveva in una minuscola casetta dal tetto spiovente. Scese dall'auto e udì un gracchiare improvviso. Per un istante, le si accapponò la pelle. Era un fascio di nervi e quel maledetto corvo le aveva fatto una paura del diavolo.

Se ne stava appollaiato, solitario, sul ramo del faggio che dominava il suo piccolo giardino, candido per l'abbondante neve caduta. Un istante dopo, quasi avesse risposto a quella sorta di richiamo, un secondo corvo lo raggiunse. Quindi un terzo e un quarto.

Per una ragione misteriosa, dall'attimo esatto in cui li vide, la professoressa non riuscì a staccare loro gli occhi di dosso. C'era qualcosa di magico in quegli uccelli. E di primitivo. Ma non era solo quello. No, c'era dell'altro. Era come se, per la prima volta, si fosse resa conto di quanto grandi fossero i corvi. In passato le erano parsi più piccoli. Ora, il frullo delle ali le fece rizzare i capelli. E la sensazione peggiorò quando cominciarono a strillare, spalancando i becchi neri mentre gli occhi irrequieti si puntavano come aghi contro di lei.

Ben presto, un quinto uccello si unì ai precedenti, e poi un sesto e un settimo. E Paola non riuscì più a muovere un passo, immobilizzata da un terrore che ora la inchiodava al giardino innevato di casa sua.

Arruffarono le penne, diventando ancora più grandi.

Uno di loro spiccò il volo e, senza che lei potesse riuscire a evitarlo, si posò sulla sua spalla. Un brivido gelido la paralizzò. Sentì gli artigli aguzzi tagliare il tessuto della giacca a vento. Eppure, non si mosse.

Non ne ebbe il coraggio.

«Che cosa fai?», domandò con un filo di voce.

Ma non ricevette risposta.

Il corvo la guardò. E nel suo sguardo, lei scorse solo il vuoto incolmabile dell'assenza. Assenza di pietà, di misericordia, di comprensione.

Un istante dopo, il corvo la beccò nel collo. Lo fece in modo talmente rapido che lei quasi non riuscì a percepirlo. Non fino al momento del dolore. Poi gridò. Fu la sofferenza profonda e crudele a condurla quasi per mano verso quel grido. Avvertendo ribrezzo e disgusto, provò a strapparsi quell'uccello di dosso, ma non si rese conto che, ora, ne aveva un secondo già posato sull'altra spalla. Fu così che arrivò una nuova ferita. Gridò ancora. Quando sollevò la mano destra nel disperato tentativo di difendersi, la vide d'improvviso rigata di rosso, poiché un terzo corvo, in volo, l'aveva attaccata, ancor prima che lei potesse toccare uno dei due uccelli che aveva sulle spalle.

Così, pensò in un istante, finché era ancora lucida, era finita ancora prima di cominciare.

Stava provando e riprovando l'assolo di *She Sells Sanctuary* dei Cult. In quel brano, la chitarra di Billy Duffy attaccava con un assolo di note quasi liquide che parevano scivolare l'una sull'altra come gocce di pioggia. Quello, almeno, era il modo in cui l'avrebbe descritto a qualcuno. Ma, per quanto si impegnasse, non gli riusciva di ottenere un simile effetto. A causa delle sue modeste capacità, Alex si dannava l'anima invano. Nel senso che era abbastanza intelligente da capire che, per quanto si applicasse, non era sufficientemente perseverante o motivato da allenare le dita in modo da renderle mobili e sciolte. Partiva sempre con le scale, ma ben presto la capacità di soffrire si scontrava con la vanità e quest'ultima, puntualmente, aveva la meglio. Si stancava fin troppo presto degli esercizi, dedicandosi dopo poco agli assoli. Si era procurato gli spartiti, aveva speso una fortuna per avere le parti esatte di chitarra suonate dai suoi idoli, ma anche quella ricerca si era rivelata del tutto inutile, perché non aveva l'umiltà e la costanza di imparare. Con il che si riduceva a eseguire quasi sempre un surrogato della parte di chitarra solista, o magari una versione fedele ma completamente priva d'intensità, proprio come stava facendo in quel momento.

Era solo la posa a salvarlo, non il suo effettivo valore, quella era la maledetta verità. Quando gli capitava di esibirsi con il suo gruppo in qualche pub della provincia di Belluno, a fare colpo non era certo il suo talento ma, piuttosto, quel suo look selvaggio, che non mancava di spezzare i cuori delle ragazzine. Non che ci fosse niente di male, ma il suo animo di chitarrista ne soffriva, dopo.

Sbuffò. Si rimise d'impegno e riprovò ancora una volta.

Qualcosa sbatté, ma non se ne diede pensiero. Era impegnato ad affrontare ben altro che il freddo che per un attimo gli parve d'avvertire. Ma, appunto, si trattò di un istante perché, per quanto pigro fosse, non lo era al punto da voler desistere da quel maledetto assolo. Era una questione di principio. Voleva dimostrare a sé stesso che, a suon di tentativi, sarebbe riuscito a riprodurlo come avrebbe dovuto essere.

Fu con sorpresa, dunque, che s'avvide di un corvo, volato dentro alla grande stanza. Alzò lo sguardo e si rese conto che il doppio abbaino era aperto. Ecco, dunque, da dove arrivava il freddo. E in quale modo era entrato l'uccello.

Decise di fare un attimo di pausa. Giusto il tempo di cacciare a calci il corvo e chiudere l'abbaino.

Sfilò la tracolla e posò la chitarra elettrica sul supporto in plastica nera. Si sciolse le spalle e si diresse verso l'uccello, che non la smetteva di gracchiare. Fu così che ne vide entrare altri due.

«Ma che diavolo fate?», urlò Alex. Già, chi cazzo si credevano di essere quegli uccellacci?

Si avvicinò al primo e provò ad assestargli una pedata, ma il corvo schivò facilmente il suo goffo tentativo e, spiccando un breve volo, si portò sopra una delle travi del soffitto, vicino a dove se ne stavano appollaiati gli altri due suoi compagni, i quali si erano messi a strillare come ossessi.

«Dannate bestiacce!», mormorò fra i denti Alex.

Ma per quanto li maledisse, quei corvacci non ne volevano sapere di andarsene. Parevano anzi più che intenzionati a rimanere lì con lui.

Non solo. Mentre tentava di procurarsi un oggetto con il quale cacciarli, dall'abbaino semiaperto cominciarono a entrarne molti altri: uno, due, tre, quattro e poi ancora, e ciascuno andava a occupare un diverso punto della grande soffitta.

Ormai, erano davvero troppi per pensare di cacciarli tutti.

Mentre rimaneva attonito a osservare quanto stava accadendo, Alex si sentì insicuro. Di più, minacciato. Perché quegli uccelli, che ora lo guardavano cupi tutti insieme, dimostravano di non avere alcuna paura di lui. Quel fatto lo mandò su tutte le furie.

Senza nemmeno rendersi conto di quel che stava facendo, irritato dal continuo gracchiare che gli spaccava la testa malgrado le minacce scagliate contro quei maledetti uccelli, Alex afferrò per il manico una delle altre chitarre della sua collezione, la Fender Jaguar, e la vibrò contro un paio di corvi che si erano posati sullo schienale di una poltrona di velluto.

«Via!», urlò. «Andatevene via!».

Mentre i due uccelli sbattevano le ali, schivando il suo colpo portato in modo tanto impacciato, quelli che si trovavano sulle travi si gettarono d'improvviso contro di lui.

Alex ebbe appena il tempo di accorgersene che già li aveva addosso. Cominciarono a beccarlo ferocemente, al volto e alle braccia.

La chitarra gli cadde dalle mani, battendo per terra e mandando una sorta di sordo lamento di note discordanti.

Alex urlò. Ma ebbe come unico effetto quello di rendere i corvi ancora più crudeli. I colpi si moltiplicarono e lui annaspò come un cieco, agitando le braccia, mulinandole in aria senza successo. Riuscì infine ad afferrarne uno per il corpo, strappandoselo di dosso per poi scagliarlo contro una delle pareti. Mentre il corvo si schiantava contro il muro, spezzandosi il collo, altri cinque si erano già lanciati su Alex e ora il ragazzo somigliava a una strana, disgustosa colonna di piume dalla quale spuntavano le gambe, aggredito com'era da un vero e proprio stormo che lo andava divorando a partire dalla testa.

L'agente della polizia locale, Niccolò Dal Farra, non riusciva a capire cosa stessero ancora facendo lì dentro il medico legale e Samuel. Sapeva che il dottor Stella aveva voluto con sé il cacciatore che – a suo dire – si sarebbe rivelato prezioso per alcuni dei rilievi da condurre sul cadavere, ma ormai erano scomparsi da ore.

Non che fossero affari suoi. Se era loro intenzione impiegare una giornata assieme ad analizzare quanto restava del povero Riccardo Donadon, lui non era proprio nessuno per impedirlo.

Allo stesso tempo, però, c'era qualcosa di strano. Se n'era rimasto chiuso nel suo ufficio, aspettando che la tormenta diminuisse d'intensità. Ed era stata una buona idea, a giudicare da quanta neve era venuta giù, ma ora, approfittando del fatto che le condizioni erano migliorate, si decise a uscire per andare a vedere se il medico legale avesse bisogno di qualcosa.

Percorse il sentiero che dall'ufficio conduceva al fienile adibito a laboratorio e, quando vi arrivò, ciò che lo colpì fu il silenzio. Era irreale e inquietante. Bussò, ma non ricevette risposta. Fece per abbassare la maniglia, ma capì che era chiuso dall'interno. «Dottore», disse, «sono io, l'agente Dal Farra».

Silenzio.

Scosse la testa. Decisamente, qualcosa non andava.

Sganciò l'anello delle chiavi dal passante dei calzoni e, sceltane una dal mazzo, la fece girare nella serratura. Si udì uno scatto metallico e la porta si aprì.

Un odore di carne putrefatta lo aggredì, facendolo indietreggiare istintivamente. Poi, l'agente si obbligò ad avanzare. La prima cosa che notò fu la grande vetrata sul tetto: era percorsa da una ragnatela di crepe e in un paio di punti era sfondata, collassata in una pioggia di schegge, finite di sotto.

Che cosa poteva essere stato?

Il puzzo di morte era talmente insopportabile che l'agente di polizia si piegò in due, quasi avesse ricevuto un morso alla bocca dello stomaco. Portò l'avambraccio al volto nel tentativo di proteggere il respiro.

Mosse ancora qualche passo e vide una massa scura rannicchiata a terra.

Quello che scoprì lo lasciò sgomento: il cadavere di Samuel, o meglio ciò che ne restava, giaceva a terra. L'intero corpo era stato dilaniato, parte della testa mancava completamente, sfracellata com'era da uno sparo. Il cacciatore aveva voluto sottrarsi all'attacco dei corvi. A tacita conferma di quel fatto, alcuni degli uccelli giacevano morti tutt'attorno, simili a raccapriccianti trofei impagliati e imbrattati di sangue scuro.

Più in là, pancia a terra, fra vetri e penne nere, c'era anche il medico legale.

Per tutto il pomeriggio di quel giorno, i corvi seminarono il terrore a Rauch. Gli abitanti si rinserrarono nelle case, misero mano ai fucili, si difesero come poterono. Pareva che una piaga biblica si fosse abbattuta in quell'ultimo angolo di Val Ghiaccia.

Le montagne aguzze e dalle cime candide di neve restarono a guardare. Fra crepacci e anfratti conservavano la memoria di quanto avvenuto molto tempo prima. Quei picchi non avevano dimenticato la ferita perpetrata dagli uomini in un passato ormai lontano, anzi, ne erano stati testimoni e come tali avevano conservato le cicatrici.

Solo lo scorrere del tempo, depositato su strati e strati di roccia, era riuscito a lenire il dolore per i fatti avvenuti sopra il rugoso manto delle montagne, quasi gli anni ne avessero carezzato i fianchi, modellandoli e rendendo le cime ancora più aspre e belle.

E in quella strana religione dei ricordi si consumava il debito del genere umano e in particolare di quanti, con fatica e sacrificio, avevano scelto di rimanere, a costo di portare sulla schiena le colpe dei padri e delle madri, senza sottrarsi a quel calice e accettando di espiare quanto era giusto.

Un giorno, però, il castigo sarebbe finito. Poiché qualcuno, uno spirito inquieto, una donna in grado di cogliere le lacrime di una madre innocente e di ascoltare le grida di sette corvi traditi, avrebbe stretto un nuovo patto con le montagne, spezzando la maledizione e tramutandola in leggenda.

33

L'attesa

Il vento ululava e sferzava le pareti della baita. La costruzione era solida, con muri imponenti e spessi, ma Marco non era certo che sarebbe rimasta in piedi. Non con la tormenta che si era scatenata fuori.

A ogni modo, lui, Lu e Pietro si erano messi subito al lavoro. Avevano scelto dalla grande fascina i pezzi di legno più piccoli e sottili e li avevano posti come a formare un piccolo castello sui ciocchi, sistemati alla base. Con qualche pezzo di carta strappato dal quaderno di Lu avevano immediatamente incendiato i ramoscelli, e le fiamme avevano cominciato ad alimentarsi, per poi propagarsi e diffondersi bruciando la legna più grossa.

«Ora si ragiona», disse Lu. «Per fortuna chi gestisce la baita ci ha lasciato tutto il necessario. Adesso dobbiamo sperare che la neve non cada talmente tanto da otturare la bocca del camino, ma mi auguro che il fuoco la sciolga».

Quasi in risposta a quelle sue parole, il vento parve soffiare ancora più forte. Lo faceva in un modo pauroso e gli scuri tremavano come se dovessero essere scardinati da un momento all'altro.

«Sei stata fantastica», disse Marco.

«Già», gli fece eco Pietro.

«Ho solo aperto una porta», replicò lei, quasi schermendosi, come se quel complimento, dopotutto, la mettesse in soggezione.

«Non è vero», riprese Marco, mentre le fiamme crepitavano disegnando ombre sui loro volti. «Hai avuto l'idea della baita, hai trovato la chiave e sei riuscita a inserirla nella serratura in mezzo ai turbini».

«E invece adesso siamo al caldo», disse lei, come se non avesse udito nulla.

«Che cosa facciamo, ora?».

«Possiamo solo aspettare», replicò Lu. «E sperare che smetta presto. Marco, prova a vedere se in quella credenza c'è qualcosa da mangiare. Se dovremo attendere a lungo, sarebbe bello sapere che non moriremo di fame».

L'ispettrice guidava come un demone, eppure Anna non batteva ciglio. Si sentiva sicura con lei, come se, per la prima volta, fosse consapevole che non potesse accaderle niente di male. Il motore ruggiva, le ruote pattinavano ma, ciononostante, l'auto rimaneva incollata al terreno anche se le curve e la neve avrebbero dovuto farla uscire di strada. Nuvole d'aghi ghiacciati si alzavano, schiantandosi contro i vetri, e quella sorta di mostro su ruote divorava la strada, mettendosi di traverso in curva e girando in un modo assurdo, quasi stesse spazzando la neve dalla carreggiata. Il tutto accompagnato dal rombo di un motore sotto il cofano bombato che pareva sul punto di esplodere.

Il vento piegava gli alberi. L'automobile sembrava un monolite rosso-bianco, che inghiottiva la via coperta di neve.

Un po' alla volta, la tormenta parve acquietarsi. La Delta rallentò. Erano vicine al laghetto e con l'aria meno carica di fiocchi la visuale era più nitida.

Ma, con disperazione, Anna dovette constatare che lo specchio d'acqua ghiacciata era deserto.

E ora? Dov'era Marco?

«Non c'è!», disse con voce spezzata. Le parve di avere vetro in gola.

«Dove potrebbe essere?».

Anna guardò Zoe con gli occhi sbarrati, impaurita, come se avesse visto un orso davanti a sé.

«Non perdere la testa, Anna, stai calma. Pensa: dove potrebbe essere andato? Sta nevicando, e anche se adesso l'intensità è diminuita, prima la tormenta lo avrà obbligato a cercare rifugio da qualche parte».

«Rifugio», ripeté lei, incapace di fermare i pensieri. E se invece non era riuscito a salvarsi? Se giaceva lì, assiderato, in un angolo, coperto di neve, ridotto a un cumulo di carne congelata? Oh, mio Dio, non poteva pensare di aver perso anche suo figlio. Non in quel modo. Non così! Era troppo, era troppo, e perfino lei non meritava una punizione come quella! Le lacrime le rigarono le guance. Voleva parlare, ma non ci riusciva. Le labbra erano sigillate. Serrate da una paura che non poteva nemmeno definire.

Sentì due mani prenderle il volto.

Vide i grandi occhi di Zoe dentro i suoi.

«Guardami, Anna, guardami», cercò di scuoterla. «Ho conosciuto tuo figlio, è un ragazzino sveglio. Di certo ha trovato un modo, ne sono sicura».

«L'hai conosciuto?», domandò lei, sconvolta.

«Sì! Qualche giorno fa ero a scuola, a raccomandare ai ragazzi di aspettare i genitori e di non azzardarsi a tornare a casa da soli, dato quello che era successo. Ho visto che uno di loro sembrava assorto nei propri pensieri e l'ho richiamato. La professoressa ha detto il suo nome: Marco. Era tuo figlio. E anche se mi era parso assente, ha invece citato le mie parole in modo esatto. Ho avuto la sensazione che mi nascondesse qualcosa, ma era stato attento. Mi è parso un ragazzino molto più sveglio della media. Perciò sarò sincera: sono convinta che abbia trovato un posto dove ripararsi, tanto più che non era solo, giusto?».

Anna scosse la testa. Pietro. Era sicuramente con lui. Dove c'era uno, c'era sempre anche l'altro. A maggior ragione se erano effettivamente venuti ad allenarsi.

«C'è un posto qui vicino dove avrebbe potuto trovare riparo?», insistette Zoe. «Fai mente locale», le ripeté, incalzandola.

Anna si morse il labbro, fino a farlo sanguinare. E ricacciò indietro le lacrime. Non era il momento di perdere la testa! Poi ebbe un'idea. Non era certa che Marco fosse lì, ma non aveva niente di meglio su cui puntare.

«La baita!», disse.

«Che cosa?», chiese Zoe.

«La baita. Non distante da qui».

«Come ci arriviamo?».

«A piedi. Seguimi», disse Anna. E senza aggiungere altro, si tirò la lampo della giacca a vento fino al mento e aprì la porta.

Zoe la imitò.

Cominciarono a correre.

34

Nero e argento

Il cielo restava nero. La neve continuava a turbinare in aghi di ghiaccio, ma il vento si era acquietato e, malgrado il freddo, quella corsa lungo il sentiero la faceva sudare. Zoe capiva la disperazione di Anna. Sperava in cuor suo che la donna avesse ragione e che il ragazzo fosse effettivamente riuscito a trovare riparo nella baita. Era certa che non sarebbe stata in grado di sopportare un altro colpo.

Dovevano fare in fretta.

La udì gridare.

E in quel grido c'era il dolore di una madre ferita, di una donna divorata dai sensi di colpa, dalla perdita del marito e dalla paura di dover rinunciare al proprio unico figlio.

Zoe accelerò. Corse al suo fianco. Qualcosa di ancestrale la legava a quella donna. Qualcosa che andava al di là della comprensione. Un desiderio irrefrenabile, il puro istinto femminile, quasi fossero due lupe nella tormenta, alla ricerca dei cuccioli perduti.

Dopo una svolta del sentiero, la baita si stagliò davanti a loro.

Anna aumentò le falcate. E Zoe rimase accanto a lei. La neve era alta, il fiato si mozzava, i muscoli delle gambe s'infiammavano e dolevano, il respiro era aspro, riempito dalla fatica e dalla neve che continuava a cadere, seppur meno copiosa.

Fu allora che li scorse. Erano talmente tanti che, in un istante, Zoe capì quello che era successo fino a quel momento.

Uno stormo faceva somigliare il cielo d'argento ossidato a una creatura brulicante di vita. Nera, gigantesca, aggressiva, la moltitudine di corvi recava un coro di strida simili a quelle di mille e mille diavoli. E quei diavoli avevano ali grandi come aquiloni, e becchi forti al pari delle zanne di lupo e dei rostri di ferro, e occhi con riflessi di metallo: blu, verdi, viola.

Calavano su di loro come una torma urlante e fendevano la neve, e volevano strappare la vita. Zoe non poteva pensare ad altro, tale era la rabbia che esprimevano con quel volo in picchiata contro Anna.

Mise mano alla pistola. Ne sentiva l'acciaio freddo sulla schiena sudata, sotto l'elastico dei jeans, la camicia e il parka. Estrarla fu questione di un attimo.

Anna cadde, coprendosi il volto con la mano. Gridò.

Zoe guardò lo stormo planare su di loro. Strinse il calcio della Beretta 92, puntò ed esplose un colpo. Lo sparo rimbombò come un tuono. Zoe non voleva uccidere ma solo spaventare gli uccelli, nella speranza di riuscire ad allontanarli.

Qualcosa del genere accadde, perché i corvi virarono all'ultimo istante, senza avventarsi su Anna. E nemmeno su di lei. Forse, della morte, avevano paura anche loro.

«Forza!», urlò. «Corri, ti copro io».

«Ma cos'hanno?», domandò Anna, sconvolta, perché non comprendeva nemmeno quello che era appena accaduto.

«Corri!».

Anna obbedì.

La baita non era lontana.

Marco udì il suo nome. La voce era quella di sua madre, non c'era dubbio. Arrivava da fuori. In un istante fu alla porta, dove sollevò la sbarra di legno insieme a Pietro.

Un attimo dopo, la porta era aperta. La neve cadeva ancora. Ma nel vuoto di un cielo spento, una pallida luce gli mostrò sua madre che correva a perdifiato verso la baita e dietro di lei la poliziotta che aveva conosciuto qualche giorno prima. Stringeva una pistola fra le mani e la puntava contro la volta, dove si raggrumava una grande macchia simile a sangue nero. Ma quel sangue era denso e vivo e colava in un unico urlo dal cielo.

Erano corvi.

I corvi erano venuti a prenderli.

Ed era stato lui a guidarli fino a lì. Lui e sua madre. Rei di aver ucciso il pullo.

Assassini.

Marco sbarrò gli occhi.

Lu vide la sua silhouette incorniciata dal rettangolo della porta. Sembrava che la visione lo avesse immobilizzato. «Marco!», gridò.

E lui si riscosse. Poi urlò a sua volta: «Mamma!».

Anna lo vide. In mezzo alla neve, sotto gli artigli dei corvi che volevano ghermire lei e la poliziotta, sua madre lo riconobbe e fece una cosa che Marco non avrebbe mai creduto possibile, dato quello che stava accadendo.

Sorrise.

Poi fu alla porta.

«Dentro!», urlò dietro di lei la poliziotta.

E un istante dopo erano all'interno.

Chiusero la porta un attimo prima che uno, dieci, venti, cento corvi cominciassero a gracchiare, colpendo il legno dell'ingresso con i becchi, raspando con gli artigli. Lì e sugli scuri delle finestre e sui coppi del tetto. Era un unico, allucinante coro di stridii, gemiti, gracchi, scricchiolii, rantoli.

Anna cadde in ginocchio. Era sfinita. Zoe appoggiò le braccia al muro, la schiena piegata, la bocca aperta in un respiro affannato.

«Chi siete?», domandò Lu. «Perché i corvi vi inseguivano?».

Zoe guardò la ragazzina. Poteva avere al massimo tredici o quattordici anni, ma manteneva un ammirevole sangue freddo.

Si ricompose. «Sono l'ispettrice Zoe Tormen», disse, «della polizia di Belluno. E accompagno Anna, la madre di Marco», aggiunse, indicando il ragazzo. «Immagino siate amici».

«Proprio così», replicò lei, senza battere ciglio.

«E tu?», le chiese Zoe.

«Sono Lu. Marco lo conoscete già e lui è Pietro Corona», disse, indicando un terzo ragazzo.

«Piacere di conoscervi. Per rispondere alla tua seconda domanda: non ho idea del perché i corvi ci stessero attaccando».

«Io lo so perché», disse una voce.

«Che cosa?», chiese l'ispettrice.

«È colpa mia».

«Tua?».

«Mi sono preso cura di un pullo, un piccolo di corvo. Ma non sono stato all'altezza del compito. E ora è morto», concluse Marco, e nella sua voce c'era una solennità inquieta, quasi stesse ammettendo una verità terribile e inoppugnabile insieme.

35
Fuga

«Spiegati meglio», lo esortò perplessa Zoe. «Non credo di aver capito».

«Marco, ma cosa dici? Non vorrai credere…».

«Lasciami parlare, mamma», insistette il ragazzino. «Qualche giorno fa, un piccolo di corvo è caduto nel mio giardino. Pietro può testimoniare», disse, facendo un cenno con il capo verso l'amico.

«È vero», confermò quest'ultimo, «eravamo insieme».

Marco annuì. E riprese: «Ho deciso che me ne sarei preso cura e l'ho portato a casa…».

«Sono stata io a convincerlo», intervenne Anna. «Non prenderti una colpa non tua», fece eco a suo figlio. «La responsabilità è solo mia».

«Non è vero», si oppose Marco.

«A ogni modo», riprese sua madre, «dopo due giorni di cure amorevoli, il pullo purtroppo è morto. Ma non vedo come questo possa incidere su quello che sta succedendo fuori».

«Nemmeno io», disse sinceramente Zoe.

«Ma non capite!», continuò Marco. «È come nel fumetto di James O'Barr. Un'ingiustizia viene sempre punita, ed è proprio il corvo a portare a compimento la vendetta».

«Secondo me i motivi sono altri e più profondi», osservò l'ispettrice. La sua voce s'era fatta morbida, come a voler ricondurlo alla ragione. «In un certo senso, Marco, è vero. I corvi ricordano e compiono rappresaglie, ma non per via del tuo povero pullo morto, credimi». E mentre parlava così, Zoe gli sorrise.

Ma il ragazzino scosse la testa. Non era convinto.

E poi, quasi a voler distogliersi da quella situazione, chiese notizie del padre.

Anna impallidì, ma mantenne un notevole contegno. «È ancora a Belluno. La tormenta gli ha impedito di tornare».

«Ma arriverà presto, non è vero?», insistette il ragazzino.

«Sì, credo che già domattina sarà a casa».

Quella risposta parve tranquillizzare Marco.

«A ogni modo, dobbiamo andarcene da qui», continuò Zoe.

«Sono d'accordo», confermò Lu, «anche perché non c'è cibo e non so per quanto potremo resistere. L'unica cosa che abbiamo è una bottiglia d'olio».

Zoe la guardò. Quella ragazzina era imperturbabile. Di certo non si perdeva in chiacchiere. «Aspetteremo che faccia buio. Presto o tardi, andranno a dormire».

«E come ci muoveremo di notte? E dove andremo?», chiese ancora Lu.

Zoe portò la mano alla cintura, ma non trovò la torcia.

Dove diavolo l'aveva messa? Poi pensò che doveva essersi sfilata durante la tormenta. Di certo ora era da qualche parte sotto la neve. O forse, l'aveva lasciata nel bagagliaio della Lancia Delta.

Ma la ragazzina aveva detto che c'era una bottiglia d'olio, giusto?

«Ho un'auto non lontana da qui», disse, «sulla strada da cui parte il sentiero più sotto. Useremo il fuoco e la legna. Chi custodisce questa baita ha fatto le cose per bene: legna asciutta, fuoco e olio. Faremo delle torce e con quelle illumineremo i passi».

I ragazzini spalancarono gli occhi.

«Sei forte», disse Pietro.

«Ma ci serve della stoffa», aggiunse Lu, guardandola.

«La mia camicia», rispose Zoe.

36
Blu

Era giunto al dormitorio. Il sole si era quasi spento. Scorse i suoi compagni appollaiati sui rami spogli dell'albero. Riposavano. Ma Blu non glielo concesse. Aveva visto la donna entrare in quella specie di nido, e prima di lei lo avevano fatto i piccoli umani. Non nevicava quasi più, se ne sarebbero andati mentre lo stormo dormiva.

Durante il giorno, lui e i suoi compagni avevano ucciso. E anche se quella donna non rappresentava un nemico, avrebbe strappato gli occhi a tutti gli altri, tutti quelli che si nascondevano in quella specie di nido. Qualcosa lo obbligava a farlo. Ma non era la fame.

Era una forza che arrivava da un luogo lontano. Aveva strappato gli occhi degli uomini. Gli era piaciuto. Se non lo avesse fatto, avrebbe provato un dolore sordo, come se qualcuno gli spezzasse le ali.

Svegliò tutti con un richiamo ripetuto: suoni secchi, ritmici, forti. L'istinto gli suggeriva di non aspettare.

Quando furono tutti svegli, volò sul ramo in cui si trovava Strillo. Era un corvo massiccio e forte, e in passato lo aveva perfino sfidato. Se lo avesse sottomesso, gli altri non gli avrebbero più disubbidito.

Nessuno si opponeva alla sua supremazia. Lui era il capo. Ma doveva vincere di nuovo.

C'era ancora luce.

Si piazzò davanti a Strillo, sullo stesso ramo, e aprì le sue larghe ali, agitandole in modo da sembrare il più grande possibile. Era un uccello di taglia notevole. Il suo corpo sarebbe apparso il doppio della sua reale misura.

Avanzò impettito. Aprì e chiuse il grande becco nero. Quello che aveva piantato fino in fondo negli occhi della donna e dell'uomo, straziando e lacerando, sradicandoli sanguinanti dal volto.

Poi alzò la testa ed eresse le proprie penne ai lati.

Ma non bastava ancora. E allora deglutì, così da far vibrare il piumaggio già irto, tanto che apparve a Strillo come un enorme maschio dalla gola ampia quanto il resto del corpo. Il tocco finale fu sollevare anche le penne sopra le zampe. Ricominciò ad aprire e chiudere il becco.

Blu torreggiava e Strillo abbassò il capo.

Il suo avversario fece balenare le terze palpebre, quasi a voler accendere e spegnere gli occhi. A quel punto, Strillo spiccò il volo e Blu si lanciò al suo inseguimento.

Gli altri corvi del dormitorio, ormai svegli, rimasero in attesa.

Gracchiarono come impazziti. L'istinto diceva loro che chi avesse vinto sarebbe stato il nuovo capo dello stormo.

Blu incalzò Strillo, senza dargli un attimo di tregua.

Ovunque il primo tentasse di nascondersi, virando fra gli alberi per poi salire di quota e ridiscendere, Blu gli teneva dietro. Avrebbe perfino potuto saltargli addosso, ma ciò che l'istinto gli suggeriva era stabilire ancora una volta la propria supremazia.

Se fosse accaduto, Strillo sarebbe finito in fondo allo stormo: l'ultimo a mangiare, l'ultimo a lavarsi e ad accoppiarsi.

Strillo era sempre stato un corvo fiero e ribelle. Nulla però rispetto a Blu, il quale, infatti, lo aveva ridotto in suo potere nel giro di poco tempo.

Al termine di quell'inseguimento senza tregua, Blu ricomparve nel dormitorio. Planò sul ramo più in alto e da lì mandò il proprio richiamo. Gracchiò con quanta forza aveva in corpo e nessuno osò replicare.

Rimasero tutti immobili in attesa che si librasse in volo. Lo avrebbero seguito.

Ma, prima di farlo, Blu attese che Strillo ritornasse al dormitorio.

Infine, accadde.

Arrivò stremato e si mise sul ramo più basso.

L'ultimo dello stormo.

Blu mandò un grido roco e terribile. Aprì le ali e planò nel cielo spento.

Lo stormo lo seguì.

Strillo aspettò.

Quando tutti ebbero spiccato il volo, si mosse.

37

L'abbaino

Fu Zoe ad avvicinarsi alla porta. In silenzio, sollevò la
sbarra di legno dai cardini, ponendola di lato. Anna girò
la chiave nella serratura e la porta si schiuse.

L'ispettrice fece per aprirla. E scoprì di avere un problema. Non ci riusciva. La neve doveva essere caduta
talmente abbondante da creare un cumulo in grado di
impedire al battente di compiere la propria corsa sul
cardine.

Provare a spingere non aveva alcun senso. Zoe scosse
la testa. Richiuse. Dovevano farsi venire un'idea. Tornata dentro, notò una scala a pioli che, in un angolo,
saliva al piano superiore. Forse avevano una possibilità.

«Da qui non si esce», informò Anna e i ragazzi. «Fa-
temi salire e vediamo se saremo più fortunati».

Un istante più tardi, con la torcia in mano, salì la scala
a pioli. Arrivò al solaio. Il tetto era alto abbastanza da
poter stare in piedi. Una sorta di abbaino affacciava
sull'esterno, protetto da uno scuro. Lo aprì dall'interno.
Poi, si avvicinò. La fiamma della fiaccola si rifletté sulla
superficie trasparente.

Fuori, tutto pareva tranquillo. Aprì le imposte. Uscì. Al chiarore della torcia, esplorò il tetto, stando ben attenta a dove metteva i piedi. Lo spiovente era percorribile. Con un po' di fortuna sarebbero potuti giungere quasi alla fine per poi lasciarsi cadere giù, sulla neve fresca.

Tornò sui suoi passi e dall'alto comunicò agli altri le proprie intenzioni. «È fattibile. Salite. Vi faccio luce io».

Le obbedirono.

Uno alla volta, la raggiunsero Pietro, Lu e Marco. Per ultima, Anna.

Quando furono tutti nel solaio, Zoe li guardò negli occhi. «Ecco come procederemo», disse. «Usciremo dall'abbaino. Cercheremo di non fare troppo rumore. Non ho idea di dove dormano quei maledetti corvi, ma è meglio non svegliarli. Poi salteremo giù».

«Ma…», disse Lu.

«Non preoccuparti», l'anticipò lei, «c'è un muro di neve qui sotto, e la distanza fra il tetto e il suolo non supera il metro. La neve attutirà la caduta. Anna utilizzerà la sua torcia, in modo da illuminare dall'alto il punto dove mi lascerò cadere. Poi», continuò, rivolgendo lo sguardo alla madre di Marco, «toccherà a me indicarvi il terreno con la luce della mia fiaccola. Così, avremo una doppia illuminazione».

«Ma se la torcia dovesse cadere in mezzo alla neve mentre salti giù…», esitò Anna.

«Non succederà».

«D'accordo».

«Ora, siete pronti?», domandò Zoe, guardando i ragazzini.

«Sì», disse Pietro con una grinta che sorprese tutti.

Lu e Marco parevano meno convinti. Ma l'ispettrice decise che non c'era altro tempo da perdere.

Si avvicinò al grande abbaino e lo aprì. Venne investita dal vento freddo della notte.

«Una volta usciti, muovete un paio di passi sul tetto. Bilanciatevi con le braccia. Poi accovacciatevi e lasciatevi cadere. Vi prenderò io. In alternativa, se ve la sentite, spiccherete un balzo in avanti. Come vi ho detto, il salto non è particolarmente alto. A ogni modo, la neve fresca attutirà la vostra caduta. È la miglior superficie sulla quale possiate atterrare, ve lo garantisco», disse Zoe. «Guardate me», aggiunse infine. «Poi dovrete fare la stessa cosa».

Si affacciò sull'apertura. Mosse un paio di passi sulle tegole del tetto.

Quindi spiccò il balzo in avanti.

La neve arrivò prima di quanto si sarebbe attesa. Affondò fino alla coscia.

«Tutto bene?», domandò dall'alto Anna con voce strozzata.

«Sì», rispose Zoe. Guardò la torcia ardente. «La fiaccola è ancora accesa», disse.

Un istante più tardi, la piantò nella neve. Lumeggiava nell'aria nera, talmente sfavillante da somigliare a una stella che rischiarava perfettamente lo spazio.

Zoe si portò indietro. Dovevano fare in fretta. «Pietro», lo esortò, «è il tuo turno».

Il ragazzino non si fece pregare. Comparve nel riquadro vuoto dell'abbaino, mosse un paio di passi sul tetto, agile come un gatto, e arrivò quasi al termine dello spiovente.

«Cosa vuoi fare? Ti prendo?», domandò Zoe.

«Faccio da solo», fu la risposta.

E un istante dopo spiccò il balzo.

Cadde per un metro almeno, ma infine i suoi scarponcini toccarono la neve e si ritrovò in mezzo al bianco fino alla vita. Alla luce della torcia, Zoe gli vide alzare il pollice. Annuì.

«Perfetto», disse, fissando Pietro, mentre lui le restituiva uno sguardo pieno di ammirazione e fierezza. «Lu, tocca a te», continuò poi all'indirizzo della ragazzina, la quale, peraltro, era già sul tetto.

Chiese anche a lei cosa intendesse fare. Ma non ebbe nemmeno il tempo di domandarlo che Lu aveva già saltato, finendo a circa un metro di distanza da Pietro.

Fu poi la volta di Marco, il quale non ebbe esitazioni e saltò proprio come gli altri.

«Anna», disse Zoe. La vide che scendeva fino a dove poteva.

Poi, la madre di Marco allungò il braccio oltre il tetto. «La torcia», disse a voce bassa, quasi sussurrando.

«Lasciala», rispose Zoe.

Un attimo dopo, la seconda fiaccola era nelle sue mani. Piantò anche quella nella neve.

«Che cosa intendi fare?».

«Dammi un attimo per pensarci», disse Anna.

«D'accordo».

Saltare non era un problema, lo avrebbe fatto. Ma quel balzo rappresentava qualcosa di particolare per lei. Le pareva che segnasse una cesura nella sua vita, adesso che Riccardo non c'era più. Avrebbe dovuto dirlo a Marco. Per ora, era riuscita a sviare il discorso. A prendere tempo. Ma come avrebbe reagito, una volta scoperta la verità? Sarebbe riuscito a superare un momento come quello? Perfino lei non credeva di farcela. Che cosa ne sarebbe stato di quel ragazzino? Gli sarebbe bastata sua madre?

Aveva così tante domande nella testa. Ronzavano come un alveare impazzito. E quel vuoto nero che aveva davanti a sé era esattamente il futuro che l'attendeva.

«Anna?». Una voce la chiamò. Era Zoe. «Va tutto bene?».

Si riscosse. «Sì, ora arrivo».

Al diavolo. Tanto valeva affrontare quel vuoto. In tutti i sensi. La perdita di Riccardo la lacerava perché, malgrado le incomprensioni, le ripicche, le vendette, aveva capito di amarlo e di voler ricostruire il loro rapporto. Ma nel momento esatto in cui aveva deciso, l'aveva perduto per sempre. E le era stata tolta ogni possibilità di chiarire, di spiegare, di affrontare ancora una volta la vita insieme. Nel bene e nel male.

Era sola. E se non fosse stato per quella giovane donna che l'attendeva di sotto, non aveva idea di come avrebbe affrontato quelle ore. Aveva rischiato di perdere Marco.

Ora contava solo quello. Doveva lottare per suo figlio. Il resto lo avrebbero affrontato dopo, giorno per giorno.

Saltò.

38

Colpe

E così era cominciata.

La vecchia Rauna ne era consapevole.

Gliene aveva parlato la sua bisnonna, poi sua nonna e infine sua madre. C'era una formidabile linea femminile nella sua famiglia. E ciascuna di quelle donne, con il tempo, aveva coltivato una dimensione mistica delle storie. Lei non voleva prestarvi fede, dapprincipio, ma poi, anno dopo anno, proprio quelle storie erano diventate una parte importante della sua vita. Una sorta di religione pagana, alla quale lei credeva profondamente. V'erano decine, centinaia di leggende che danzavano sull'abisso fra reale e fantastico, vero e falso, possibile e impossibile. E in quei luoghi così singolari, ai confini del mondo, dove le montagne segnavano una dimensione unica, un punto di vista diverso da tutti gli altri, perché in grado di sfiorare il cielo, ogni cosa si presentava in maniera differente.

Uscì fuori.

La notte era calma, ora. Anche se aveva visto i corvi attaccare. Coprire i vetri delle finestre e spezzarli, penetrando in alcune delle abitazioni, facendo scempio degli abitanti. Proprio come cent'anni prima era accaduto alla madre di sua nonna. Era stata quest'ultima a raccontarglielo.

Una leggenda nera dimorava in quei luoghi.

Da tempo immemore. Anzi no, da cinquecento anni.

Ma quell'ispettrice aveva visto. E aveva intuito ciò che lei aveva appreso dalla bocca delle donne della sua famiglia. La ragazzina aveva un dono, ma non ne era consapevole. E ora lei aveva l'opportunità di avvertirla, di insegnarle a far luce su ciò che la natura, nella sua infinita bontà, le aveva regalato.

Forse qualcosa di quei fatti antichi era gocciolato nel sangue di Zoe. Forse lei discendeva direttamente dalla prima di tutte loro.

Rauna non ne aveva la certezza. Come avrebbe potuto? Ma il potere che albergava in quella donna era talmente evidente che solo un cieco non se ne sarebbe accorto. E malgrado la prima reazione di Zoe fosse stata di rifiuto, qualcosa in lei stava già accettando il dono che, un giorno, sarebbe stato fortuna e condanna insieme.

Le storie avevano il potere.

Leggende di corvi e streghe, di lunghi inverni e di spettri della neve, di diavoli e roghi, di crode, stelle e vendette.

Storie in grado di scavalcare i secoli e giungere come nebbia fino a lei e a quelle come lei.

Leggende che, con un linguaggio altro, aiutavano a comprendere la volontà dei boschi e del cielo, delle tormente e dei temporali, e avvertivano l'uomo di quali fossero gli scempi da lui commessi. Non v'era coscienza di una tale mancanza, non ve ne sarebbe mai stata, ma quanti abitavano quelle montagne sapevano cogliere, seppur a un livello intuitivo, le colpe del genere umano, e capivano le ribellioni della terra attraverso le storie. E le accettavano. E nel farlo, prendevano sulle proprie spalle anche le responsabilità degli assenti.

La vecchia Rauna conosceva quel mondo, anzi, ne faceva parte. Ora sapeva cosa doveva fare. Sarebbe andata casa per casa e avrebbe raccolto gli abitanti. Li avrebbe condotti in un luogo sicuro. Almeno fino a quando quel flagello non fosse passato.

Lasciò scritto a Zoe dove avrebbe potuto trovarla.

L'avrebbe attesa.

E a quel punto, si sarebbe premurata di spiegarle ciò che la aspettava. Perché solo lei avrebbe potuto salvare Rauch.

Adesso le era perfettamente chiaro.

L'idea delle torce si era rivelata intelligente. Una la teneva Anna e l'altra Zoe. In mezzo, i tre ragazzi.

Le fiaccole ardevano sfavillanti e, se da un lato rivelavano la loro presenza con il bagliore che filtrava attraverso le chiome degli alberi, dall'altro permettevano loro di avanzare con una certa sicurezza nel buio della notte.

Cominciarono la discesa. Zoe sapeva che non avrebbero impiegato molto. Dieci minuti, forse meno. Aveva scelto di chiudere il piccolo gruppo. Per buona misura teneva la pistola carica e senza sicura.

Il rumore degli scarponi era attutito dall'abbondante neve fresca. Erano bagnati fradici, ma non c'era altro modo per scendere. Calcolò che l'auto sarebbe stata sommersa dalla neve e che avrebbero dovuto lavorare duramente per farla ripartire.

Procedettero in quel modo per un po'. Anna conosceva la via e al chiarore delle fiaccole riconosceva i tratti percorsi. Così, in breve tempo arrivarono alla Lancia Delta. S'avvidero che, per loro fortuna, gli alberi l'avevano in parte protetta e, per quanto fosse necessario liberarla dalla coltre bianca, non sarebbe stata un'impresa impossibile.

«Dobbiamo scavare e sottrarla alla morsa della neve», disse Zoe. Senza aggiungere altro, si mise di buona lena. Usò le mani perché non aveva altro.

I ragazzini e Anna la imitarono.

Scavarono, proseguendo senza posa, i guanti inzuppati di neve. Il terrore moltiplicava le energie. La paura li ricondusse a una dimensione ancestrale. Chini, disperati, lavoravano per salvarsi la vita. In silenzio, ciascuno lottava febbrilmente, al solo scopo di salire nell'auto, guadagnandosi un modo per fuggire da quell'incubo.

Sembrava che, in base a un tacito patto reciproco, ciascuno di loro avrebbe dovuto procurarsi la salvezza facendo la propria parte. Non ci fu bisogno di parole.

Un po' alla volta, sgombrarono le due ruote davanti e il breve tratto che riportava l'auto sulla strada; e anche le ruote posteriori erano a buon punto.

«Salite», ordinò Zoe ai ragazzi. Aprì la portiera e,

senza farselo ripetere, Lu, Marco e Pietro si pigiarono in qualche modo nell'angusto sedile posteriore della Delta.

A quel punto, udì un grido.

Voltò lo sguardo e, alla luce delle torce, vide Anna come paralizzata.

La nube nera dei corvi riempiva il cielo.

39

La paura

I corvi coprirono la volta come l'ala nera del demonio.

Marco batté la mano contro il finestrino.

Era soltanto colpa sua.

E non era giusto che fossero altri a pagare per lui.

«Mamma!», urlò.

Posò lo sguardo sull'ispettrice, che estrasse la pistola. Non c'era una logica, ma nutriva una fiducia innata nei suoi confronti. Agli occhi di Marco, Zoe era una Banshee. Non v'era alcun dubbio in proposito.

E solo una Banshee avrebbe potuto sconfiggere i corvi della vendetta.

La vide puntare l'arma contro il cielo. Un attimo più tardi, un lampo illuminò l'aria. Per un istante, parve che la canna in acciaio avesse sprigionato l'essenza stessa di una stella.

Poi, udì il boato.

«Zoe!», urlò Lu, mentre una decina di corvi planava sull'ispettrice.

La giovane poliziotta si voltò verso la ragazzina. «Non aprite la portiera, qualsiasi cosa succeda!», urlò.

Nel frattempo, Anna era impegnata a difendersi con gli unici strumenti che aveva a disposizione: aveva afferrato una torcia e ora la agitava come una mazza luminescente per proteggersi dagli attacchi dei corvi in picchiata.

La fiaccola disegnò archi scintillanti nella notte.

Nel buio appena rischiarato, i ragazzi persero coscienza di quel che stava accadendo.

Fino a quando i finestrini non si coprirono di piume e di becchi. Decine, centinaia di colpi cominciarono a riversarsi sulle superfici piatte e trasparenti. Pietro spalancò gli occhi e poi si tappò le orecchie.

Marco e Lu ammutolirono. Istintivamente, lei gli prese la mano e lui la strinse. Insieme, sperarono che quel ticchettio infernale smettesse al più presto. In un modo o nell'altro.

Invece continuò, e una paura incontrollabile azzannò loro le viscere.

«Vai dentro», intimò Zoe.

«Non posso!», urlò Anna di rimando.

«Aspetta!».

Zoe ebbe un'idea. Era una follia, ma la situazione era talmente disperata che tanto valeva provare. Non aveva nulla da perdere.

Raggiunse Anna e le fece scudo con il proprio corpo.

«Vieni con me», suggerì, e insieme si avvicinarono all'auto. Poi, terrorizzata, infilò il braccio in mezzo alla massa fremente dei corvi che strillavano come impazziti e ricoprivano la portiera del passeggero. Le parve di consegnarsi a uno stormo di diavoli. Eppure, ciò che accadde la sorprese. Gli uccelli, quasi obbedissero a una creatura superiore, si levarono in volo.

Avevano paura di lei?

Zoe non ne aveva idea, ma sfruttò quell'unica occasione che le si era appena presentata. Spalancò la portiera e scaraventò dentro Anna. «Resta lì!», tuonò.

Girò la chiave nella serratura centralizzata.

Non appena udì il rumore metallico delle sicure, si concesse di cadere in ginocchio.

Qualcosa le dava il tormento.

Avvertì la neve ghiacciata sulle ginocchia e, per un ultimo istante, sentì ancora le mani di Anna e dei tre ragazzini che colpivano i vetri, urlando il suo nome.

A quel punto, capì che mente e corpo stavano scivolando in una dimensione alternativa. Non oppose resistenza.

Rivide le fiamme.

Bruciavano alte nel cielo, avviluppando le sette grandi croci. Sulle sommità di ciascuna di esse v'era una gabbia di ferro e, all'interno, un uccello strillava impazzito nel dolore supremo della morte.

Ora li vedeva.

Uno per uno.

Al centro di quella stella a sette punte, una pira ardente faceva da trono di fuoco al corpo martoriato di una donna. I lunghi capelli divorati dalla luce delle fiamme, il volto sfigurato dal calore, eppure in quel ritratto di dolore e morte gli occhi erano chiari come smeraldi. E in essi, per un istante, Zoe riconobbe i suoi.

Cadde bocconi in mezzo alla neve.

E ancora una volta le parve di venire risucchiata dal cielo per poi ritrovarsi, di nuovo, ai piedi dell'auto.

Alzò lo sguardo e scorse Anna con gli occhi sbarrati che la chiamava.

I corvi si erano alzati in volo. Parevano sospesi nel nero del cielo, in attesa. Come se avessero riconosciuto in lei qualcuno.

Scosse la testa. E provò un dolore lancinante, come mai era avvenuto prima. Perlomeno, a quanto ricordava.

Fu di nuovo in piedi e, con fatica, raggiunse l'auto dal lato del posto di guida.

Infilò la chiave facendo scattare la sicura. Non le importava più nulla di come si sarebbe comportato lo stormo.

Si sentiva così stanca.

Entrò e chiuse la portiera.

40

Rauna

«Voi sapete come la penso», esclamò in modo perentorio Rauna. «Questo flagello si abbatte su di noi da
tempo immemore, ogni cent'anni, a volerci ricordare
l'antica maledizione piovuta su questo sputo di terra. Le
montagne guardano, le montagne sanno. Le montagne
ricordano e non perdonano».

Stava di fronte a un centinaio di persone. Erano tutte
riunite nella sala del foghèr.

«Taci, vecchia!», gridò qualcuno. «Sono tutte fan-
donie».

«Chi ha parlato?», domandò lei di rimando. «Voi non
ci credete, ma i segni sono evidenti. Vi pare normale che
i corvi attacchino gli esseri umani? Che strappino loro
gli occhi?».

«È uno di noi! È una persona in carne e ossa. Qualcuno che vuole terrorizzarci, sfruttando la paura delle
storie antiche».

«Ah davvero, Fulvio?», chiese Rauna, che aveva riconosciuto fra i tanti volti quello del suo interlocutore. «È
questo che pensi?».

«Sì. E quella poliziotta lo dimostrerà».

«Anch'io credo che quella ragazza dimostrerà qualcosa», replicò la donna, «ma in un modo che nemmeno immagini. A ogni buon conto, non voglio convincere nessuno. Se preferite credere che qualcuno fra noi, o anche esterno a questa comunità, stia compiendo delle azioni così efferate, non sarò io a dissuadervi. Anche se lo avete visto voi stessi che cosa stanno facendo i corvi!».

Un mormorio diffuso parve confermare e smentire, allo stesso tempo, le parole della locandiera. L'uditorio era diviso.

Lei non sembrò darvi troppa importanza. «Andrò alla chiesetta di San Marco», concluse, quasi a voler terminare quella disputa non voluta. «Lì mi sentirò al sicuro e aspetterò».

«Aspetterai cosa?», domandò sarcastico Fulvio Corona. Emerse dalla piccola folla. Aveva gli occhi spiritati e i capelli umidi di neve. Puntò il dito come se dovesse accusarla.

«Di chi sarò in attesa, chiedi? Di chi verrà a salvarci», ribatté Rauna senza esitazione.

«Sei solo una vecchia pazza e una povera illusa», la rimbeccò lui. Sembrava non sopportare l'idea che potesse raccogliere della gente attorno a sé.

«Sicuramente. Ma non credo che ammazzare i corvi a fucilate sia la soluzione».

«Questo è da dimostrare», ribatté Fulvio con un ghigno cattivo a increspargli il labbro. «Fare a pezzi quelle canaglie alate non ci recherà danno». E, come a voler aizzare i suoi, tirò fuori il fucile. Chissà dove lo teneva, pensò Rauna. Lui lo sollevò in aria, riscuotendo un certo clamore. Si levarono un paio di grida.

«Fa' come preferisci», ribatté lei. «A questo punto abbiamo parlato fin troppo».

«Non ho ancora finito», la interruppe Fulvio e, quasi a voler darsi un tono, le puntò contro la canna del fucile.

«Cosa vuoi fare, ammazzarmi?», domandò Rauna con una voce ferma e sicura.

«Ti piacerebbe, eh? Ma poi la gente di Rauch ti trasformerebbe in una martire, e non è mia intenzione. Però se qualcuno fra voi ha il fegato di venire a caccia di corvi, sa dove trovarmi».

«Hai finito?».

Fulvio Corona annuì.

«Con tutto il rispetto per il tuo accorato appello, io invece vorrei sfruttare le ore della notte per andare alla chiesetta e chiudermi lì dentro. Chi si vuole accodare è il benvenuto», concluse lei. «Ci vediamo direttamente lì, sul sagrato».

Parecchie persone annuirono.

La locandiera congedò tutti con un saluto e in meno di un minuto quel conciliabolo si sciolse.

Solo Fulvio Corona era rimasto. «Vecchia stronza», disse, «continui a riempirgli la testa di idiozie».

Lei non lo degnò d'uno sguardo.

«Fosse per te, parleresti con le montagne e i corvi. Se solo ti dessero ascolto».

La vecchia Rauna lo guardò e, questa volta, tradì un sorriso. «Per la prima volta, questa sera, hai detto qualcosa di veramente intelligente».

202

«Attenta, nonna, non vorrei dover cambiare idea», replicò lui, tamburellando le dita sul calcio del fucile.

«Vattene, Fulvio», disse lei, facendogli capire che la conversazione era finita.

L'uomo le fece un cenno con il capo. Aveva un'espressione divertita. Infilò la porta e se ne andò.

Rauna aveva già preparato tutto: zaino con viveri, acqua, libri e sacco a pelo. Si caricò tutto in spalla e uscì.

Prese un gesso bianco e scrisse sul legno della porta: "Chiesetta di San Marco".

Era un messaggio per Zoe.

Sperò che passasse di lì.

41

Tornando indietro

Il motore rombava nella notte bianca di neve e fredda d'inverno. I fari della Lancia Delta squarciavano l'oscurità. Uno stormo di corvi inseguiva la macchina. Volando, sembravano una cometa nera, più nera della tenebra e del peccato.

Eppure, a dispetto di quello che Marco avrebbe creduto, pareva che gli uccelli avessero paura di qualcosa, quasi toccare quell'auto avesse potuto ucciderli.

Guardava Zoe con ammirazione crescente. E percepiva che Lu se ne rendeva conto, e forse in un certo qual modo ne era perfino invidiosa. Ma quel fatto non aveva alcuna importanza. Capì che se c'era qualcuno che poteva salvarli era quella donna. Aveva protetto sua madre, poi era caduta in ginocchio, e lui si era scoperto a temere che le fosse accaduto qualcosa. Invece si era rialzata e, una volta salita su quell'auto, aveva cominciato a guidare, quasi intendesse condurli nel ventre di un mostro.

Non c'era neve o ghiaccio che potesse anche solo impensierirla. La macchina faceva il resto. Doveva essere una versione fuori serie di una qualche vettura elaborata per i rally. C'era un'aura mitica in quella scena, si disse, qualcosa che pareva uscire direttamente dalle pagine dei romanzi.

Non aveva più chiesto nulla a proposito di suo padre. Quando sua madre gli aveva detto che si era fermato a Belluno, gli era parso che le parole affiorassero storte alle labbra, piegate alla necessità di mentire. Gli sembrava di aver subodorato una bugia.

Ma ora, quell'incertezza se la teneva stretta.

Non sapere era meglio di apprendere una verità che gli faceva una tremenda paura. Sospettava che suo padre fosse morto. E che sua madre non avesse voluto dirglielo. Non poteva certo biasimarla per una cosa del genere.

Le era grato, invece.

Il dubbio era una benedizione: portava con sé le titubanze, le esitazioni, le possibilità. Per qualche tempo, magari un paio di giorni, avrebbe ancora potuto raccontarsi che tutto, in fondo, andava bene. E, in quel modo, sentiva che poteva dare il meglio di sé. Dopo, di fronte alla tragedia, sarebbe crollato.

Ma, ancora per un po' almeno, si sarebbe nutrito di riflessi, di una verità in parte deformata come un'immagine sulla superficie liquida dell'acqua.

A lui stava bene così.

Nel frattempo, vide che erano arrivati alla locanda.

«Aspettatemi qui», disse Zoe.

Prese la torcia elettrica che teneva in auto.

Le immagini non le davano tregua. Continuava a rivedere i fuochi, la pira, i corvi, la donna tra le fiamme. Giravano in una giostra impazzita nella sua testa.

Si diresse verso la porta. Fece per entrare, ma notò che qualcuno aveva scarabocchiato qualcosa sul legno. Accese la torcia e lesse: «Chiesetta di San Marco».

Era un messaggio? E chi lo aveva scritto? Doveva essere stata la vecchia Rauna.

Si domandò dove fosse Alvise Stella. Non lo vedeva da quel mattino. Si disse che forse era andato anche lui alla chiesa.

Tornò sui propri passi. Tanto valeva andare lì e scoprire cosa fosse accaduto.

Risalì in auto.

«Qualcuno di voi sa dirmi dove si trova la chiesetta di San Marco?», domandò.

«Fuori dal paese», disse Anna. «Eccola lì», aggiunse e indicò una luce che brillava su per la schiena della montagna.

«Dobbiamo andare a piedi?».

«No, ci si arriva in auto».

«Bene. Allora guidami».

Anna annuì.

Il motore ripartì con un rombo. Nelle casse dello stereo prese a girare *Snakedriver* dei The Jesus and Mary Chain.

La Lancia Delta ricominciò a divorare la strada coperta di neve.

42

Il cervo rosso

Blu aveva lasciato lo stormo al dormitorio. Il suo volo era stato lungo, senza sosta. Aveva superato boschi di betulle e faggi e poi di pini, abeti, larici. Sfruttando le correnti ascensionali era salito sempre più in alto, superando i bianchi picchi innevati, per poi librarsi con dolcezza fino a scendere lungo pendii dalle linee morbide, rese ancor più soffici dalla neve caduta. Quando era arrivato nel punto che andava cercando, si era abbassato di quota e, dall'alto, li aveva visti: erano grigi, magri, pronti all'azione. Un branco di lupi in cerca di cibo.

Li richiamò con un verso simile a un rintocco: secco, netto, preciso. Li vide alzare le orecchie e sollevare verso di lui i musi spolverati di neve. Blu si librò in alto, compiendo due ampi cerchi al di sopra delle cime dei pini. I lupi lo individuarono e, non appena cominciò a percorrere la via del ritorno, lo seguirono. Il capobranco era veloce. Non aveva problemi a tenergli dietro.

Blu batteva le grandi remiganti, senza più preoccuparsi dei lupi. Li sentiva sotto di sé. Non era stanco, malgrado la lunga notte. Di tanto in tanto ripeteva il richiamo, lo usava quasi a dare un ritmo a quella folle corsa che portava il branco a sollevare la neve e a saltare oltre gli alberi caduti. Li avrebbe condotti nei pressi del dormitorio. Lì attorno si aggiravano spesso cervi e cerbiatti. Per i lupi sarebbe stato semplice abbattere uno di quegli animali, e lui avrebbe richiamato lo stormo a divorare la carne insieme ai lupi.

In quel modo avrebbero suggellato il patto. I predatori si stancavano presto della carne di una carcassa e volevano passare rapidamente a quella di una nuova preda. Così, un po' alla volta, li avrebbe condotti fino agli uomini.

Ma prima doveva dar loro qualcosa.

Procedette per un certo tempo mentre il vento sollevava la neve da terra in bianchi turbini e il cielo blu, finalmente sereno, mostrava una dorata polvere di stelle.

Oramai non doveva più mancare molto. La conferma arrivò poco dopo. Piuma gli stava venendo incontro. Era la sua compagna, la femmina più bella di tutte. Era stata lei a vigilare sullo stormo fino al suo ritorno. Gli venne incontro e volarono insieme. Sotto di loro il branco ringhiava e ribolliva d'impazienza.

Il cielo era andato schiarendosi e si era fatto rosa d'aurora. Fu allora che i lupi videro la preda. Un grande cervo rosso se ne stava in una radura, in cerca di qualcosa da mangiare. Aveva un imponente palco di corna. Era riuscito a individuare della corteccia ed era talmente intento a procurarsela per sfamarsi che non si era accorto in tempo dell'arrivo del branco.

Blu lo vide dilatare le grandi pupille. Poi, i lupi lo accerchiarono. Uno di loro provò a morderlo alle zampe. Rimediò un calcio formidabile che lo mandò a spezzarsi la schiena contro il tronco di un albero. Per nulla spaventati, ma anzi, sfruttando quel primo assalto maldestro, gli altri lupi si gettarono insieme contro il grande animale e, azzannandolo ai fianchi e al collo, lo fecero cadere in ginocchio.

Il cervo lasciò andare un bramito sconsolato. E un istante dopo si accasciava al suolo senza vita.

Fu allora che Blu cominciò a gracchiare, richiamando a sé lo stormo che andava risvegliandosi nel dormitorio vicino.

Così, mentre i predatori si avventavano sul cervo morto, facendolo a brani, i corvi planarono sulle carni martoriate, divorando il pasto insieme ai lupi. Nessuno si risentì: carnivori e uccelli consumarono il crudo banchetto in totale armonia, quasi gli uni e gli altri appartenessero alla medesima specie.

Mentre si ingozzava di carne fresca, Blu guardò Piuma. Era bella e terribile: nera e coperta di sangue.

43

La chiesetta di San Marco

All'inizio era freddo. Ma la vecchia Rauna aveva portato legna asciutta e così avevano fatto altri. Bracieri, turiboli e candele diffondevano un gradito tepore e i cittadini di Rauch si stringevano fra i banchi e le mura a secco della piccola chiesa.

Alle mille luci cangianti, le vetrate colorate rilucevano come superfici magiche. La paura riempiva gli sguardi dei presenti: i corvi parevano impazziti, erano diventati spietati predatori e nulla sembrava riuscire a fermarli. A quello, si era aggiunta la tormenta di neve che aveva tagliato fuori Rauch da ogni possibile comunicazione. Gli uomini e le donne nella chiesa si guardarono l'un l'altro: erano soli. E dovevano affrontare una calamità alla quale non erano preparati.

Quelli che erano lì credevano nella vecchia Rauna. Per quanto potessero essere fantasiose le sue ipotesi, offrivano almeno una spiegazione. E quel fatto li avrebbe aiutati ad affrontare la notte. E anche il mattino successivo, se necessario.

C'era un senso di attesa che riempiva la piccola chiesa.

E quella sorta di aura finì con lo spezzarsi quando dei colpi risuonarono alla porta.

«Chi bussa?», domandò Rauna.

Passò qualche istante. Poi, l'uomo che era stato messo a guardia dell'ingresso rispose: «È Anna Donadon, con tre ragazzini e la poliziotta».

«Falli entrare».

Un attimo più tardi, la porta si aprì e Zoe comparve, seguita da quanti erano con lei.

Rauna andò loro incontro. «Finalmente», esclamò, «non ci speravo più».

«Arrivo subito», disse Zoe per tranquillizzare Anna e i ragazzi.

Lei e la locandiera si allontanarono.

«Devo mostrarti una cosa», disse quest'ultima.

«Dov'è il dottor Stella?».

La vecchia Rauna la guardò sorpresa. «Non ne ho idea. Credevo fosse con te».

«Invece no».

«Ti prego, ascoltami».

Zoe la guardò. «Vuoi parlarmi ancora una volta delle tue fantasie?».

«Proprio così. Ora vedrai».

«Ti rendi conto che il medico legale arrivato con me è scomparso?».

«Lo so. Ma temo che, se non mi darai ascolto, la situazione potrebbe addirittura peggiorare».

Mentre qualcuno allungava ad Anna e ai ragazzi un piatto di minestra calda e delle coperte, l'ispettrice di polizia seguì la locandiera che la condusse nella piccola navata di destra, all'interno di una minuscola cappella.

«Voglio mostrarti questo», continuò Rauna e, pronunciando quelle parole, alzò il braccio a indicare un affresco. «Nessuno ha mai avuto idea di come si chiamasse il pittore che l'ha realizzato, ma la scena è facilmente riconoscibile, ora che ti ho raccontato la storia».

Zoe alzò lo sguardo su un grande dipinto dai colori foschi.

Una donna dai lunghi capelli castani veniva bruciata su una pira. Attorno a lei, sette croci recavano sette gabbie, e in quelle gabbie sette corvi erano arsi tra le fiamme. La scena era spaventosa, dominata dal nero e dal rosso. Sullo sfondo svettava una montagna imponente, dalle pareti aspre. Una luna gialla brillava nel cielo e lo strapiombo di roccia della cima era attraversato da una falce di ghiaccio per tutta la propria lunghezza. Aveva il colore dell'argento scintillante e ricordava quella medesima falce di luna che brillava al centro della volta.

Zoe ebbe la sensazione che le figure fossero sul punto di uscire dalla tela da un istante all'altro. In un certo senso, il dipinto pareva pulsare di morte, era carne e sangue, polpa vibrante esposta agli insulti del dolore e della tortura. Sostenerne la visione era troppo, come se i colori e le forme fossero sul punto di spaccarsi, liberando un'energia primordiale che l'avrebbe travolta. Zoe piegò il capo mentre una fitta dolorosa alla tempia la tormentava. Rivide ancora una volta, per un istante, la scena affrescata. Solo che, come già era avvenuto in precedenza, la donna urlava e il volto che Zoe intravedeva somigliava al suo.

Annaspò con la mano e riuscì ad appoggiarsi a una colonna. «La donna», mormorò, «quella donna mi assomiglia…».

Respirò affannosamente, ma riuscì a mantenere l'equilibrio.

«Tu discendi da quella donna», sussurrò Rauna.

A Zoe la vecchia fece l'effetto di una serpe che la irretiva con parole sussurrate e occhi ipnotici, le pupille simili a fessure.

«L'eptagramma, la stella a sette punte», la incalzò la vecchia Rauna, «capace di riunire cielo e terra, anima e corpo. Sette sono le virtù e i vizi, sette sono le piaghe d'Egitto, sette i cieli del paradiso, sette i giorni della settimana».

A Zoe sembrò di impazzire. Le parole danzavano nella sua mente in una cantilena di follia, e non le davano tregua. Dondolavano come note incantatrici e seducenti. Le parve di essere sbattuta sott'acqua da un'onda gigantesca, e in quella dimensione liquida e sospesa finì alla deriva. Alzò la mano, a interrompere quella sequenza di sussurri. «Cosa vuoi che faccia?», domandò e la sua voce le suonò oltremodo bizzarra, simile a quella di una schiava, di qualcuno pronto a ubbidire.

«Tu? Cosa pensi di voler fare?».

L'ispettrice la guardò. D'un tratto, appellandosi alla propria volontà, si riebbe. «Smettila di giocare con me», intimò.

«Non sto giocando».

Zoe sospirò.

«Lo so che tutto questo ti sembra una pazzia, ma non è così. Non più di uno stormo di corvi che strappa gli occhi agli esseri umani», la incalzò la vecchia Rauna.

«Non mi hanno toccata», replicò l'ispettrice con voce sorda.

«Che intendi dire?».

«I corvi... non mi hanno toccata». E mentre proferiva queste parole, si scostò i lunghi capelli con la mano destra. Era stanca. Sembrava portare un peso infinito sulle spalle.

Gli occhi della vecchia Rauna scintillarono. «Lo sapevo».

«Che cosa?».

«Che eri la prescelta».

«Smettila!».

«Ma è così! Per quanto tu possa ostinarti a negarlo, sono i fatti a parlare. Tu stessa mi hai appena detto che i corvi non ti hanno toccata e che la donna delle visioni ti somiglia! Prima o poi lo dovrai accettare. Prima succederà, prima avrai la possibilità di salvare queste persone».

«Ma ci credi davvero?».

«Eccome. E dovresti farlo anche tu. Perché un'altra possibilità non c'è. E, a meno che tu non voglia condannare tutte queste donne e bambini a morte certa, devi capire che sei l'unica che può fare qualcosa. E devi farlo in fretta».

Zoe scosse la testa. Cominciava ad averne abbastanza di quella storia. D'altra parte, se la locandiera aveva ragione, allora lei forse poteva davvero essere d'aiuto a quella gente. Dopo tutto era per quel motivo che era andata lì: fare qualcosa. E cominciava a pensare che al dottor Stella fosse stata riservata la peggiore delle sorti. La tormenta di neve di certo aveva interrotto qualsiasi possibilità di comunicazione con il mondo esterno; perciò, avvertire il commissario Casagrande era fuori discussione. Non ce n'era il tempo. Altra neve era caduta, e chissà quanto ne avrebbe impiegato a ritornare a Belluno per poi ripresentarsi lì con i rinforzi. E, anche ad ammettere di riuscirci, a cosa accidenti sarebbe servito?

E se avesse avuto ragione la donna che le stava davanti e continuava a riempirle la testa di quelle storie? Cos'aveva da perdere, in fin dei conti? Forse, a ben pensarci, era la migliore opzione che aveva.

Picchiò un pugno contro la colonna. «Ma come posso essere io? Perché? Non è giusto! Non so più chi sono!».

«Sì, invece. Dentro di te lo hai sempre saputo. E c'è un motivo per il quale sei stata scelta proprio per venire qui».

«Il mio capo...».

«Il tuo capo di certo non ne sapeva niente. Ma qualcosa che sta al di sopra, un potere invisibile, la fede nelle storie ti ha condotto da noi».

Zoe si piegò in avanti ancora una volta, quasi avesse appena ricevuto un calcio alla bocca dello stomaco. La testa parve andarle in frantumi. Portò le mani al capo, le sembrava di impazzire.

«Smettila di lamentarti. Guarda quel ragazzino», la esortò la vecchia Rauna.

Zoe si voltò. Marco la stava fissando. Aveva gli occhi grandi e sbarrati.

Lei annuì. «Ce la faccio», disse, «ti giuro che ce la faccio».

Il ragazzino sorrise. «Tu sei una Banshee», mormorò.

44

Rivelazioni

Marco era naufragato negli occhi di Zoe. E ciò che ne aveva ricevuto in cambio era stata la stessa sensazione della prima volta: una tristezza infinita, capace di divorarlo, ma, allo stesso tempo, una determinazione incrollabile. Non aveva ancora capito perché, eppure guardarla gli dava la forza di affrontare qualsiasi cosa. Anche la peggiore.

Dopo aver fissato l'ispettrice per un'ultima volta, posò lo sguardo su sua madre. La prese per mano e, scrutandola, domandò: «Papà è morto, non è vero?».

Anna rimase senza parole. Ma non servivano per una verità come quella. Si limitò ad annuire.

«Sono stati i corvi...», continuò il ragazzino.

«Sì».

Marco aveva rinunciato a ogni possibilità legata all'incertezza. Si era concesso di aspettare, prima di farlo. Ma infine aveva scelto. E ora sapeva. In un modo o nell'altro, lui e sua madre si erano tolti entrambi un peso. Lei quello di dirglielo, Marco quello di venirne a conoscenza. Respirò, infine. Ne aveva bisogno. Fu una drammatica, dolorosa liberazione. Gli era parso di trattenere il fiato per tutto quel tempo. Malgrado dapprincipio avesse creduto di darsi una possibilità, si era presto reso conto che quell'attendere era solo un mentire a sé stesso. A cosa sarebbe servito? A nulla, si era risposto, solo a dover fingere e recitare una parte che non era la sua. Amava suo padre, con tutti i suoi difetti e le sue molte, belle qualità. Tanto valeva cominciare subito a piangerlo e a sciogliere la tristezza in lacrime e dolore.

Malgrado si fosse imposto di non lasciarsi andare alla commozione, gocce gli caddero lungo le guance. Gli dispiacque, perché avrebbe voluto mostrarsi forte. Si morse le labbra. Non avrebbe dovuto, non davanti a Lu. Ma fu proprio lei ad abbracciarlo per prima.

«Sfogati, Marco», lo invitò dolcemente, «lasciale cadere. Ci sono io qui con te».

Lui non rispose. Rimasero com'erano. Anna li strinse a sua volta. Erano una cosa sola, in quel momento. Nessuno di loro sapeva nulla a proposito di Lu, ma insieme formavano quasi una nuova famiglia, come se in quell'abbraccio lei avesse voluto abbandonarsi a un giuramento silenzioso.

Marco pensò a tutte quelle volte in cui avrebbe voluto godersi di più il tempo con suo padre. A quanto sarebbe stato bello parlare con lui dei romanzi di Stephen King o del *Corvo*, e poi di Brandon Lee, o delle lezioni a scuola, dell'hockey e di qualsiasi altra cosa gli potesse venire in mente. E non ne aveva approfittato. O non aveva preteso di entrare nella sua vita, come avrebbe dovuto fare. A prescindere dal lavoro, dai problemi, dalle incomprensioni.

Ebbe la sensazione di averlo tradito, di aver pensato solo a sé stesso e in quel modo di aver concesso al destino di prenderlo, come se, stando poco tempo insieme a suo padre, fosse stato lui il primo ad averlo lasciato andare.

Di tutti i rimpianti che aveva, quello era il più grande. E in quel momento gli saliva alla gola, quasi il pensiero si fosse fatto carne e gli mozzasse il respiro per la vergogna che provava.

«Non ho lottato abbastanza per tenerlo con noi!», pronunciò inconsolabile, e ora le lacrime cadevano copiose.

Lui, Anna e Lu si accasciarono tutti e tre sulla pietra fredda della chiesa. Ma poi Marco, con uno sforzo improvviso, si liberò. «Lasciatemi stare!», gridò e, senza che Anna o Lu potessero fare qualcosa, schizzò veloce come il vento verso la porta. Corse talmente in fretta che ebbe buon gioco nel sorprendere la guardia, colpendola con una gomitata al costato e aprendo i grandi battenti in legno.

D'improvviso, Zoe s'accorse che Marco si stagliava veloce al centro del rettangolo notturno incorniciato dalla porta della chiesa.

Si scaraventò verso di lui.

Per nessuna ragione al mondo l'avrebbe lasciato andare via. Insieme ne avevano passate troppe. E poi lo doveva a sua madre, che le era piaciuta fin dal primo istante. E anche a Lu che, probabilmente, rappresentava per Marco una sorta di futuro.

Capiva perfettamente cos'era successo. Lui aveva perso suo padre e ora lo sapeva. Anche lei aveva provato una sensazione come quella, nel mezzo dell'incendio, anche se era stata più fortunata di quel ragazzino.

In pochi istanti fu fuori.

La neve aveva cessato di cadere.

Ma quello che lei e Marco videro andava al di là di ogni immaginazione.

«Non ti muovere!», urlò, socchiudendo le porte alle sue spalle.

Di fronte a loro stava un branco di lupi. Avevano le zanne digrignate e li guardavano con ferocia. Sopra quelle belve, i corvi gracchiavano la loro filastrocca di morte.

Zoe pensò che fossero stati proprio gli uccelli neri a condurre in quel luogo il branco. Ma era davvero possibile?

E adesso? Che cosa sarebbe accaduto?

45
Scelte

«Non ti muovere», gli ordinò Zoe.

Marco sentì che era a pochi passi da lui. Non avrebbe mai dovuto varcare quella soglia, si disse, ma di certo ora era troppo tardi per tornare indietro. Le lacrime che prima gli avevano riempito gli occhi si erano ghiacciate sul suo volto, non per il freddo ma per la paura che, come una lama di coltello, gli penetrava le viscere. Non aveva mai conosciuto la pura essenza del terrore ma, in quell'esatto istante, capì che il gelo che gli serrava la gola, impedendogli di urlare, era proprio la forma assunta dall'orrore nero per farsi conoscere dai ragazzini come lui.

Gli occhi gialli del lupo che aveva davanti a sé parevano fosforescenti e irradiavano una crudeltà talmente profonda da sopravanzare di gran lunga qualsiasi descrizione possibile. Erano feroci a tal punto che fu costretto ad abbassare lo sguardo, poiché non riusciva a reggerne la vista. Fu un'ammissione di inferiorità e di impotenza. Gli parve di offrirsi al proprio carnefice senza nemmeno combattere.

Era quello lo sguardo esibito dalle prede al proprio signore. Marco non aveva dubbi.

«Marco». Era Zoe.

Tacque.

«Sono dietro di te. Non ti lascio. Devi rimanere immobile, mi raccomando», continuò lei.

Lui non se lo fece ripetere. Non sarebbe stato difficile ubbidire. I suoi muscoli erano divenuti di ferro e, anche volendo, non avrebbe potuto alzare nemmeno un dito. Era paralizzato dalla paura.

Tanto più perché quel lupo non era da solo. I ringhi degli altri ribollivano tutto attorno a lui. Ma era il capobranco a lasciare Marco sgomento.

Qualcosa, per un istante, parve rompere quell'equilibrio in bilico sulla follia pronta a scatenarsi.

La porta della chiesa si aprì. Era Anna.

«No. Tu ora rientri, altrimenti non so come potrà finire. Non guardare e torna in quella stramaledetta chiesa», ringhiò Zoe. «E fallo in silenzio».

Anna aveva gli occhi fuori dalle orbite. Ma qualcosa dovette convincerla che l'ispettrice aveva ragione.

«Lascia la porta aperta», aggiunse Zoe, «così faremo prima a rientrare».

Quando fu certa che Anna se n'era andata, Zoe avanzò. Cercò di farlo con tutta la calma possibile. Nel frattempo, aveva estratto la pistola e l'aveva spianata davanti a sé. Lo stormo non aveva smesso di gracchiare un istante, ma i lupi ringhianti aspettavano, incerti se consumare l'attacco o rimanere a guardare.

Zoe mise un piede davanti all'altro sulla neve.

Per ogni metro guadagnato, Marco diventava più vicino.

Impiegò un'eternità a raggiungerlo. Sudore gelato le imperlava il volto.

Inspirò. Poi allungò la mano e toccò la spalla del ragazzo. «Eccomi», lo rassicurò. «Sono al tuo fianco», aggiunse, avanzando ancora, «e ora sono davanti a te», ed era vero. Ora faceva scudo con il proprio corpo a quello del ragazzino. «Adesso indietreggerai insieme a me, d'accordo?».

Non ricevette risposta. I ringhi dei lupi e i corvi gracchianti scatenavano una lugubre tempesta di suoni nell'alba bianca di neve.

«D'accordo?», insistette.

«Sì», rispose Marco, ritrovando la voce.

Mossero due passi indietro.

Il lupo davanti a loro avanzò. Sembrava indeciso sul da farsi, come se riconoscesse in quella donna dallo sguardo fermo una minaccia. Forse avvertiva l'odore dell'ira e della paura, frammiste in una miscela di pura, irriducibile determinazione. Quella femmina sembrava disposta a qualsiasi cosa pur di difendere il cucciolo, anche farsi fare a pezzi, se necessario. E lui era intenzionato a rischiare tanto?

Zoe sfruttò quella frazione di secondo e indietreggiò ancora. Marco le obbediva. Ci stavano mettendo un tempo interminabile.

Uno dei corvi si staccò dallo stormo e venne a gracchiare vicino a lei. Zoe riuscì a vedere gli occhi blu che bucavano il pallore dell'aria. Era il grande corvo che la tormentava da quando era arrivata lì.

Non voleva ucciderlo.

L'uccello sembrava sfidarla a compiere una follia. Ma lei non avrebbe accettato questa provocazione. Avrebbe ascoltato tutta la sua dannata cantilena, se necessario, ma mai si sarebbe azzardata a perdere la calma. Fino a quel momento, nessuno si era fatto male. E, per quanto pazzesco potesse sembrare, dato che non aveva mai interagito con gli animali in quel modo, aveva l'impressione che, per una qualche ragione a lei del tutto sconosciuta, stesse funzionando.

Quindi, perché cambiare un piano che stava avendo successo?

Dopo aver svolazzato in lungo e in largo, il corvo tornò ad appollaiarsi su uno degli alberi che delimitavano il bosco.

Il lupo rimase dov'era. E così gli altri che, però, non cessarono di ringhiare.

Zoe fece un altro passo indietro.

C'erano quasi, ormai.

«Ora entra e non farmelo ripetere», concluse.

Marco era sul punto di fare come gli era stato detto.

Fu allora che il lupo si lanciò su Zoe.

«Entra!», urlò ancora lei. «E chiudi la porta!».

46

Sangue e spari

Il lupo era sempre più vicino. Correva verso di lei e stava caricando.

Senza perdere altro tempo, Zoe sparò.

La pistola esplose il colpo e il proiettile percorse una traiettoria perfettamente dritta, ma all'ultimo istante il lupo scartò di lato, riuscendo a mandare la pallottola quasi del tutto fuori bersaglio. Riportò una ferita di striscio che gli strappò un guaito, ma non fermò la sua corsa.

L'ispettrice sparò ancora.

Questa volta il proiettile raggiunse il lupo all'altezza del petto ma, di nuovo, l'animale proseguì, scagliandosi contro di lei. Spiccò un balzo, spalancando le fauci sbavanti e puntando alla sua gola. Quasi istintivamente, Zoe si protesse con il braccio sinistro, perché non sarebbe riuscita a sparare una terza volta.

L'impatto fu talmente forte che finirono entrambi nella neve.

Un attimo più tardi, Zoe sentì il dolore sordo del morso. L'imbottitura del parka la protesse in qualche modo, almeno un po', e la pallottola nel petto di certo doveva aver indebolito il predatore, ma le sue zanne le avevano aperto uno squarcio profondo. Sentì il sangue caldo grondare e inzuppare la manica del giaccone.

Zoe si sforzò di non pensarci. Urlò tutto il dolore che aveva in corpo e piantò la canna della pistola nel fianco del lupo. Esplose altri tre colpi.

La fiera sussultò, quasi fosse stata colpita da una scarica elettrica. Infine, lasciò la presa, crollando ai suoi piedi.

Lo scontro era finito.

E lei aveva vinto.

Urlò ancora.

Allontanò da sé la carcassa, spingendola via. Il braccio ferito le restituì un dolore lancinante. Infine rimase stesa, con la schiena sulla neve. Era così stanca. Avrebbe voluto soltanto dormire. Se lo meritava.

Ma, anche volendo, non poteva permettterselo.

Appoggiandosi al gomito destro, si tirò su come meglio poté. Gli altri lupi erano rimasti impietriti a guardarla. Avevano assistito allo scontro, come a voler rispettare le regole non scritte di un rito ancestrale.

Ora il branco sapeva che non avrebbe dovuto sfidarla.

Il grande maschio alfa era morto. Ed era stata lei a sconfiggerlo.

Ma quella consapevolezza selvaggia, costruita attraverso uno scontro frontale, senza esclusione di colpi, era destinata a durare poco e a finire ben presto in frantumi.

Un altro sparo rimbombò. E non era stata Zoe a esploderlo.

Vide un altro lupo accasciarsi nella neve, guaendo di dolore. La coltre candida si macchiò di rosso e l'animale non si mosse. Il ringhio del branco che aveva davanti a sé, a non più di trenta metri di distanza, risuonò come un tuono. Passarono alcuni istanti in cui tutto tacque, a eccezione di quel rombo sommesso e forte. Non accennò a placarsi, anzi, se possibile aumentò d'intensità.

Le fiere mostrarono le zanne affilate sulle gengive viola.

Zoe rimase accasciata nella neve.

Aveva dato tutto ciò che le era rimasto.

I corvi spiccarono il volo, restando come sospesi in una nuvola nera nel cielo grigio. Un altro sparo riecheggiò, ma questa volta andò a vuoto.

Come se avessero perfettamente inteso quanto andava accadendo, alcuni corvi si separarono dallo stormo e, oltrepassato il limitare del bosco, scomparvero. Si udirono altri spari e grida.

Zoe si rialzò in piedi e vide un uomo uscire dalla linea degli alberi. Aveva il viso terribilmente segnato, come se qualcuno lo avesse pugnalato al volto. Teneva un fucile in mano. Sembrava un cacciatore. Un paio di lupi gli si avventò contro. A quel punto, il branco parve voltarsi, dando le spalle all'ispettrice di polizia.

Lei ne approfittò. Infilò la pistola nella fondina e rientrò nella chiesa.

Fu a quel punto che si lasciò cadere in ginocchio.

Era esausta e il braccio le faceva un male infernale.

47

Fermare la follia

La prima cosa che le apparve quando riprese i sensi fu il volto di Anna. Poi, una vistosa fasciatura al proprio braccio. Il dolore era sempre presente, come un amante indesiderato.

«Quanto ho dormito?», domandò subito.

«Un paio d'ore. Eri stremata».

«Devo andare».

«Non puoi», disse Anna.

«È ora di far cessare questa follia», continuò Zoe, ed era già in piedi.

«E dove vorresti andare?», domandò un'altra voce. Era la vecchia Rauna.

«A vedere se Alvise Stella è ancora vivo».

«Sai che non è così».

Zoe scosse la testa. «È probabile, ma voglio almeno provare a capire. Poi tenterò di porre fine a questa storia».

«E come?».

«Non ne ho idea», ammise l'ispettrice. «Ma non posso aspettare. Servirebbe solo a perpetuare un massacro».

«Fulvio Corona ha sparato su lupi e corvi, insieme ai suoi amici cacciatori. Quell'idiota!».

Anna abbassò lo sguardo.

Zoe non capì immediatamente. Poi le tornò in mente che era l'uomo con cui Anna aveva tradito il marito. Ognuno aveva il proprio fardello e quello della sua nuova amica pareva davvero pesante da portare.

«Come credi di fare?», la incalzò Rauna. Non le dava tregua.

«Potresti dirmelo tu, una volta tanto!», esclamò Zoe, esasperata.

«Non ho una risposta, ma penso che dovresti provare a offrire il tuo dolore ai corvi».

L'ispettrice spalancò gli occhi e guardò la vecchia Rauna come se stesse delirando. «In che modo?».

«È quello che devi scoprire».

Zoe allargò le braccia. Fu un riflesso automatico. La staffilata di dolore che la aggredì le ricordò il morso del lupo.

«Lo hai detto tu».

«Cosa?».

«Che questo massacro va fermato».

«Già. M'inventerò qualcosa, allora».

«Secondo me dovresti raggiungere un luogo incontaminato, lontano dagli esseri umani, e riprodurre quanto è avvenuto cinquecento anni fa».

«Di che stai blaterando?», domandò Anna. Pareva non voler credere alle sue orecchie.

Zoe la guardò. Allora non era la sola a ritenere che la locandiera fosse matta da legare.

«Sì», asserì la vecchia Rauna, continuando imperterrita, «c'è una montagna che incombe sulla Locanda dei Sette Corvi; è quella raffigurata anche nel dipinto. Non è la più alta di questa valle e nemmeno la più bella, ma scintilla sempre alla luce della luna. Le rocce riflettono il pallore naturale che illumina appena il buio della notte».

«La Montagna della Luna», disse Anna.

Rauna annuì. «Boschi di faggi corrono lungo le sue falde, come lunghi festoni, verdi d'estate e bruni d'inverno», parlò, quasi fosse in trance. «In inverno, una cascata di ghiaccio risale la parete e somiglia a una falce di luna. Arriverai in cima. Disporrai sette croci attorno a quella al centro della vetta, a simulare l'eptagramma, e ne incendierai i vertici».

«E poi?».

«E poi aspetterai ai piedi della croce al centro della cima».

«I corvi arriveranno», completò Zoe.

La vecchia Rauna fece un cenno di assenso con il capo.

«E a quel punto mi offrirò a loro, lasciando che dispongano del mio corpo come preferiscono».

«Se le mie supposizioni sono corrette, non ti attaccheranno. Riconosceranno in te la discendente della donna uccisa, proprio come credo abbiano fatto finora. Ti accompagnerò io».

«Questo è fuori discussione», disse Zoe. «Me ne occuperò da sola».

«Ma...», riprovò Rauna.

«Nessun "ma"».

«Allora ascoltami, almeno. Troverai quel che ti serve

nella legnaia della locanda: bastoni per le croci, corda, fiammiferi, olio, ogni cosa».

«D'accordo. Quanto è alta la montagna?», domandò Zoe.

«Supera i duemilacinquecento metri di certo e arrivare in cima non è così semplice, anche se c'è una specie di sentiero. Poi, suppongo ti serviranno i ramponi per la cascata di ghiaccio fino all'ultima parte».

«Ho tutto nell'auto. Ero preparata, in un luogo come questo, all'eventualità di dover scalare una montagna».

«Tanto meglio».

Tacquero. Altre parole sarebbero state superflue.

A Zoe parve che quella conclusione, in apparenza bizzarra, intrisa di magia, fosse l'unica risposta possibile a quanto era accaduto fino a quel momento.

«Zoe», disse Anna guardandola, «vorrei venire con te».

«È fuori discussione. Hai un figlio di cui prenderti cura e anche quei due ragazzini che sono con lui. E non solo», aggiunse infine, alludendo all'uomo che aveva aizzato i cacciatori contro lupi e corvi.

«In effetti... e non so da che parte cominciare. Se non era per te, ora Marco sarebbe...».

«Be', invece è ancora qui e ha bisogno di te!».

Anna annuì e tornò da suo figlio.

«Voi invece cosa farete?», domandò Zoe a Rauna, indicando con un cenno del capo quanti stavano assiepati nelle tre navate della piccola chiesa.

«Aspetteremo. Ho fiducia in te, e anche loro. Tieni le chiavi», aggiunse, «altrimenti non entrerai mai nella locanda».

L'ispettrice Tormen sospirò.

«La ferita», constatò Rauna. «Andrà curata. Quel bendaggio di fortuna non potrà durare per sempre, e di certo quel lupo era infetto».

«Me ne occuperò domani», rispose Zoe. «Prima devo mettere un punto a questa storia, no?».

E, salutata con un cenno del capo la vecchia Rauna, guadagnò la porta.

48

Il sangue dei giusti

Zoe parcheggiò l'auto davanti alla stazione di polizia. Spense lo stereo, mozzando in bocca a Linda Perry le parole di *What's Up?*. La musica la teneva viva.

Scese dalla Lancia Delta e bussò. Un istante più tardi si rese conto che la porta era socchiusa.

Entrò.

La saletta d'ingresso era deserta.

«Agente Dal Farra!», gridò.

Non ricevette risposta.

Imboccò un corridoio. Una stanza a destra e una a sinistra. La prima somigliava a un archivio, ed era vuota. La seconda era senza dubbio l'ufficio dell'agente Dal Farra. Ma anche lì, non c'era anima viva.

Zoe tornò sui propri passi e uscì.

L'aria del mattino pareva fatta di fumo e di inquietudine, tanto era grigia e malaugurante. S'incamminò verso il fienile dove il dottor Stella aveva svolto l'esame autoptico. Era certa che lo avrebbe trovato lì. Temeva di vedere in quale stato.

Camminò fino alla porta.

Anche in quel caso, era aperta. Non solo, qualcuno aveva lasciato la chiave infilata nella toppa. Spinse il grande battente e procedette.

L'odore della morte l'azzannò alla gola, tanto forte da farle lacrimare gli occhi. La prima cosa che si palesò alla vista di Zoe fu il tavolo autoptico con il cadavere divorato del povero Riccardo Donadon. Era ormai irriconoscibile, come irriconoscibile risultava il fienile per come l'aveva conosciuto in precedenza. La volta di vetro era parzialmente crollata e un'ampia voragine ne divorava la superficie trasparente. Mucchi di frammenti giacevano a terra, e con essi piume nere di corvo imbrattate di sangue.

Le carogne degli uccelli punteggiavano a decine lo spazio, e là dove si ammassavano come in una cupa catasta scorse un corpo piagato. Si avvicinò, rendendosi conto che al disgraziato mancava una parte della testa, polverizzata con ogni evidenza da uno sparo a bruciapelo. Riconobbe da quel che restava della giubba la persona del cacciatore conosciuto la mattina precedente: Samuel. Doveva aver deciso di accorciare la propria agonia, ponendo fine alle sofferenze nel modo più rapido.

Alvise Stella non era stato altrettanto fortunato o, forse, aveva scelto di accogliere la fine in modo diverso.

Giaceva supino, poco più in là, quasi a voler proteggere gli occhi e mantenere una dignità composta, in un ultimo atto di ribellione nei confronti di quei maledetti aguzzini alati. Lo sfacelo delle membra si mostrò a Zoe istintivamente si portò la mano al viso. Si inginocchiò e, nel modo più delicato possibile, mentre i cocci di vetro tintinnavano sinistri, rovesciò il povero dottore sulla schiena.

Aveva ancora gli occhi.

Fu in quel momento che Zoe pianse, portandosi al petto l'amico ucciso, quasi fosse un amante perduto per sempre. Le lacrime caddero improvvise e il suo cuore indurito dalla disciplina, dal dolore e dal senso di fatalità si sciolse nei singhiozzi, che ora la scuotevano fin nel più profondo dell'animo. Quell'uomo buono, che aveva saputo capirla anche nell'istante di maggior vulnerabilità, era stato ucciso in un modo orribile da qualcosa che alla sua mente risultava ancora inspiegabile. E tuttavia, quel tributo di sangue non poteva andare perduto, esigeva invece una pacificazione al più presto. Se la rabbia dei corvi doveva essere placata in un modo che risultava alieno alla ragione e alla logica, ebbene, lei era pronta a misurarsi. Zoe stava imparando ad accettare gli eventi con la fede di chi, perso nel mare dell'incomprensibile, era disposto ad aggrapparsi anche a un relitto pur di raggiungere la terra.

Inspirò a lungo. Accarezzò i morbidi capelli di Alvise Stella, poi, con delicatezza, posò il suo capo sopra un panno bianco arrotolato che recuperò dal tavolo d'autopsia. Ora, malgrado le molte ferite e piaghe sanguinose, il medico legale pareva quasi dormire.

Avrebbe voluto occuparsi di lui, ma il tempo dei vivi s'accorciava ogni istante di più. Doveva correre alla locanda, recuperare l'attrezzatura e i materiali indicati dalla vecchia Rauna per raggiungere la cima della Montagna della Luna. Non aveva certezza alcuna, ma dentro di lei una sorta di sesto senso le suggeriva che quello strano rituale avrebbe sortito un qualche effetto, qualunque ne fosse stato l'esito.

Poi si sarebbe occupata degli amici defunti.

Si alzò in piedi e tornò sui propri passi.

Non aveva idea di quale fine potesse aver fatto l'agente Dal Farra. Uscita dal fienile, rientrò nella piccola stazione di polizia. Scorse un telefono nell'ufficio del poliziotto. Afferrò la cornetta, portandola all'orecchio.

Non c'era linea.

Ma anche se ci fosse stata, come avrebbe fatto il commissario a mandare rinforzi in quel luogo dimenticato da Dio? Con tutta la neve caduta e il pericolo valanghe, la strada per Belluno doveva essere ormai interrotta.

Non poteva perdere altro tempo. Si affrettò a raggiungere l'auto.

La Lancia Delta schizzò festoni di neve alti come getti ghiacciati di idrante. Ma guidare in quelle condizioni era troppo difficoltoso e l'avrebbe rallentata, così Zoe decise di lasciare l'auto e proseguire a piedi.

Aprì il cofano, recuperando zaino, racchette, piccozze e ramponi. Controllò di avere ciò che le serviva e richiuse il baule.

Poi si incamminò verso la Locanda dei Sette Corvi.

49

Amici

Marco se ne stava rintanato in un cantuccio della chiesa. Guardava sua madre che gli parlava sommessamente, ma quasi non riusciva a sentirla.

«Avresti potuto morire. Che cosa ti è preso?», gli stava chiedendo.

«Non lo so. Forse volevo rimanere solo», rispose lui. Ma era distante. La mente ancora preda di quanto aveva appena vissuto. Il coraggio di Zoe. Lei che affrontava quel lupo gigantesco davanti ai suoi occhi. L'urlo primordiale che l'aveva scossa fin nelle viscere, quando aveva ucciso la belva.

Sua madre si avvicinò. «Dobbiamo stare uniti. Ora più che mai».

«Lo so».

«Ed è quello che vuoi?», domandò con un filo di voce, quasi avesse paura della sua risposta.

«Certo!».

«Ne sei sicuro?».

Marco parve risvegliarsi da una sorta di strano torpore. «Certo, mamma, io ti voglio bene».

«Grazie, tesoro mio».

Per qualche istante rimasero stretti l'uno nelle braccia dell'altra. Poi si sciolsero. Anna pensò che quel momento le aveva fatto bene. Fece un cenno ai due ragazzini che stavano in fondo alla chiesa.

Lu e Pietro si avvicinarono fino ad arrivare all'altezza del transetto di destra, dove si trovavano Marco e sua madre. Nella navata centrale, la vecchia Rauna tentava di calmare quanti si erano radunati lì con lei in attesa che gli attacchi dei corvi giungessero al termine. Spiegava loro cosa avrebbe cercato di fare Zoe.

Anna guardò Lu dritto negli occhi. «E così tu sei la ragazza di Marco», disse. La sua non suonò come una domanda, somigliava molto di più a un'affermazione.

«Sì», rispose Lu, senza esitare nemmeno un istante. «Gli voglio bene».

Marco rimase sbigottito. La guardò con gli occhi spalancati. Non si era aspettato un'ammissione come quella. Il tono di Lu era incontrovertibile. Ma lui non aveva alcuna intenzione di contraddirla. Aveva due ottime ragioni per non farlo: essersi innamorato di lei fin dal primo istante in cui l'aveva vista, e provare un'attrazione per tutto ciò che Lu rappresentava. In primo luogo, quel suo essere una ragazza completamente diversa da tutte quelle che aveva conosciuto. Non erano molte, certo, ma quel suo modo di fare tra lo spavaldo e l'integerrimo la rendeva a dir poco unica, e anche in quel momento non aveva perso l'occasione per sorprenderlo. Chi se lo sarebbe aspettato? Se qualcuno glielo avesse chiesto avrebbe dovuto ammettere che, da qualche parte, in un recesso profondo dell'animo, qualcosa di lei gli faceva quasi paura. E un simile fatto la rendeva irresistibile ai suoi occhi.

La guardò, non privo di stupore.

«Sei sorpreso?», gli domandò lei a bruciapelo.

«No», rispose lui. Eccome se lo era.

Pietro, che non aveva alcun bisogno di nascondere la propria meraviglia, si lasciò invece andare. «Wow», disse, «voi due fate sul serio».

«Ci puoi giurare», replicò Lu con quella sua luce da pazza negli occhi. A Marco parve bellissima e contagiosa.

«Non credo di aver mai incontrato una ragazza come te», disse Anna.

«Per via del mio look?», domandò Lu, alludendo al dark sbavato del trucco e al nero, immancabile, dei vestiti.

Anna sorrise. «No. Per il tuo parlar chiaro».

«È una delle mie poche virtù».

«Sembri averne parecchie», replicò la madre di Marco.

«Le ha», disse lui. «E non crediate di poter parlare di me come se fossi da un'altra parte», aggiunse. Dopo l'iniziale sorpresa, desiderava mettere in chiaro che non sarebbe stato uno spettatore.

«Fino a un istante fa ho avuto esattamente questa impressione», lo rimbeccò sua madre. «Quando tutto questo sarà finito, potrai venire a trovarlo ogni volta che vorrai», aggiunse, rivolta a Lu.

«Intesi».

«Dateci un taglio, d'accordo?», le incalzò lui.

Anna sorrise per la seconda volta. In pochi istanti,

quella ragazza aveva distolto lei e suo figlio dalla tragedia che divorava i loro cuori. Non sarebbe passata tanto presto, e Anna sapeva che i giorni a venire avrebbero rappresentato una prova molto dura da affrontare. Il solo pensiero le toglieva ogni tipo di forza. Ma avrebbe resistito, per sé e per Marco. Avrebbe dovuto ricostruire una dimensione di vita accettabile con lui, rassegnarsi alla morte di Riccardo e prendere in mano l'azienda. Glielo doveva. Ma intanto poter contare su quella ragazzina le dava una grande fiducia.

Era un pensiero del tutto irrazionale, perché non sapeva niente di lei, ma le era bastato vedere come aveva saputo comportarsi in una situazione come quella. Avrebbe voluto avere anche solo la metà della sua sincerità e determinazione. Era proprio quello a darle fiducia, vedere con quale semplice sicurezza aveva dichiarato di voler bene a suo figlio. Proprio come lui aveva fatto con lei qualche istante prima.

Guardò Pietro e le tornò in mente suo padre. Ripensò a quello che si erano detti il giorno prima e a quanto avevano fatto negli ultimi mesi.

Avrebbe trovato una soluzione anche a quello. Ne era certa.

Voleva bene a quel ragazzino che, proprio in quel momento, la guardava. «Che cosa facciamo, signora Donadon?», disse.

Bella domanda.

«Credo che aspetteremo Zoe».

«L'ispettrice di polizia?».

«Proprio lei», confermò Anna.

«Sembra avere grande stima di quella donna», continuò Pietro.

«Ha salvato Marco», replicò lei.

«Già», ammise il ragazzino.

«C'erano davvero i lupi?», domandò Lu.

«C'erano, eccome», rispose Marco. «Non hai visto la ferita al braccio?».

«No».

«Be', prima gli ha sparato e poi, quando quel maschio gigantesco l'ha azzannata al braccio, lei è caduta con lui nella neve e gli ha esploso altri tre colpi al fianco».

Lu tacque.

«Diavolo. Ma come sono arrivati fino a qui i lupi?», domandò Pietro.

«Non ne ho idea», rispose Marco. «Ma quando lo ha ucciso, Zoe ha urlato, ed è stata la cosa più incredibile che abbia mai udito».

«Davvero?». Lu sembrava infastidita.

«È una Banshee».

«Lo spirito urlante?», domandò la ragazzina.

Marco annuì.

«E i corvi?», chiese ancora Pietro. «Non sono stati loro ad attaccare?».

«Sono andati via», concluse l'amico.

50

La Montagna della Luna

Lo zaino pesava più di quanto avrebbe voluto, ma il legno preso alla locanda le sarebbe servito. E dunque, non c'era alternativa. Le racchette da neve le garantivano una bella presa sulla coltre bianca e compatta. I bastoncini telescopici facevano il resto. Tentava di scaricare il più possibile la fatica su gambe e braccio destro in modo da preservare, per quanto possibile, il sinistro fasciato e dolorante per via della ferita. Di tanto in tanto udiva uno schianto improvviso: qualche ramo di faggio si spezzava sotto il peso della neve. Il bosco pareva un'ampia distesa di scheletri bruni per via dei tronchi e dei rami nudi, privi di foglie. Quell'ascesa dava perciò un senso di smarrimento, reso ancor più intenso dalla notevole mole della montagna, scintillante di roccia e neve, che incombeva sopra di lei.

Era dal suo arrivo che i picchi le facevano vivere quello stato d'animo. Certo, l'orrore dei corvi l'aveva scaraventata al centro di una tragedia tale da annullare qualsiasi altro turbamento possibile. Ma, ora che erano rimaste solo lei e la parete, l'inquietudine era tornata a farsi sentire. Non era il timore di non riuscire a farcela, era molto ben allenata. E nemmeno il senso di incertezza legato al non sapere esattamente come comportarsi, se non offrirsi – come aveva detto la vecchia Rauna – allo stormo dei corvi nel modo più semplice e diretto possibile. No, era invece quel fissare la Montagna della Luna e avere la netta sensazione che nascondesse insidie, quasi fosse pronta a tradirla con pericoli improvvisi. Le era capitato in precedenza con i Monti del Sole che, pur non particolarmente alti, erano caratterizzati da passaggi impervi e crepacci che si aprivano repentini, risucchiando un corpo come gelidi imbuti infernali. La Montagna della Luna le dava la medesima sensazione.

Ben presto avrebbe dovuto affrontare il canalone che conduceva verso la cima. Era abbondantemente innevato e, a causa del vento freddo, era ghiacciato di certo. Era una vera e propria cascata gelata. Avrebbe indossato i ramponi e aggredito quella sorta di scivolo naturale con circospetta determinazione. Ma conosceva quel genere di ascensioni e sapeva quanto una neve come quella, così abbondante, potesse celare in maniera praticamente perfetta trappole e passaggi pericolosi.

Sbuffò ancora. Una nuvola d'aria bianca le uscì dalle labbra. Doveva fare in fretta. Ogni istante in più avrebbe potuto essere fatale. Dopo tutto, quell'idea di poter pacificare i corvi era frutto di un'ipotesi, una leggenda, una storia sovrannaturale che non aveva alcuna certezza di riuscita.

E se, giunta in cima e formato l'eptagramma con le sette croci attorno a quella di vetta, non fosse riuscita a entrare in contatto con gli uccelli? L'intera scommessa si fondava sulla convinzione che, riprodotta la scena del rogo di tanto tempo prima, i corvi sarebbero venuti a lei per accogliere il suo sacrificio.

E se invece non fossero mai comparsi?

Che cosa le garantiva di riuscire nel suo tentativo?

E ancora, Rauna aveva suggerito di offrire tutta sé stessa. Intendeva forse consegnarsi a quegli uccelli selvaggi per farsi divorare? Era davvero pronta a correre un rischio come quello?

Domande legittime, che però una parte di sé, quella che non ragionava e si affidava invece a una sorta di fatalismo o di strano istinto, era pronta a escludere.

Non era certa che l'idea di quello strano rogo simulato si sarebbe rivelata efficace, ma era pronta a giurare che, ove lo stormo si fosse presentato davvero, non l'avrebbe uccisa.

Non erano mancate le occasioni per finire fatta a pezzi dai corvi, eppure ogni volta era stata risparmiata: quel fatto doveva pur significare qualcosa. E poi le visioni che l'avevano ridotta in ginocchio le mostravano una donna alla quale lei somigliava davvero.

Accelerò. Le racchette sollevarono sbuffi di neve. Gli alberi andavano facendosi più radi, e in quella nuvola bianca che era la terra spuntavano sempre più spesso gli spigoli aguzzi di formidabili rocce.

La linea del bosco andava sfilacciandosi sempre di più. E presto avrebbe dovuto indossare i ramponi.

Procedette ancora per un po'.

Infine, quando la neve divenne dura come ghiaccio, e

il paesaggio si fece aspro e brullo, a eccezione del bianco della coltre che ricopriva quasi l'intero panorama, agganciò le ciaspole allo zaino e calzò i ramponi a dodici punte: otto nella parte anteriore e quattro in quella posteriore. Estrasse le piccozze e cominciò ad arrampicare in libera.

La Montagna della Luna si mostrò ben presto per ciò che era: un rilievo coriaceo, dalle pareti ripide, aspre, sferzato da un vento gelido che tagliava la faccia. Lungo l'ascensione, i crepacci potevano aprirsi improvvisamente dopo essersi celati sotto la cortina di neve che le correnti d'aria spazzavano in lungo e in largo. I pinnacoli di ghiaccio avrebbero rischiato di rompersi e crollare. Zoe avanzava come un ragno sulla maggior pendenza ma, pur sapendo di dover fare presto, non voleva rinunciare alle cautele dettate dal buon senso.

Aveva arrampicato molte volte, specie sulle cascate di ghiaccio, divenendo ben presto un'alpinista esperta malgrado la giovane età, ma quella maledetta montagna si stava rivelando infida e colma di sorprese.

Guardando sopra di sé, vide un gradino di notevole difficoltà. Si fermò per tirare il fiato. Fece presa con i ramponi e le piccozze. Guardò giù. Le tornarono in mente i tanti discorsi e le raccomandazioni dei suoi maestri di arrampicata. Fra quegli avvertimenti, uno in particolare: quello che metteva in guardia dalle cadute. Aveva imparato a ripeterselo, durante le ascensioni, per temperare il proprio istinto a voler fare in fretta. Doveva riflettere, così da non sottovalutare la montagna.

Quando commetteva un errore, un alpinista rischiava di cadere. Era nella natura delle cose. E se succedeva, il volo poteva essere di diverse centinaia di metri, perfino di un chilometro, a seconda della complessità e dell'altezza della vetta scalata. Il corpo non cadeva mai in verticale, ma impattava invece contro una serie di speroni, macigni, creste. Su quelle punte di roccia poteva addirittura rimbalzare. Quando gli alpinisti cercavano il corpo di un compagno caduto, spesso erano costretti a seguire scie di sangue, interrotte da quei rimbalzi e poi di nuovo continue, fino a quando non si imbattevano in un cadavere sfracellato che aveva perduto membra, ossa, carne.

Non le era mai capitato di dover scendere a recuperare i resti di un compagno di cordata o di un amico, per fortuna. Ma durante le ascensioni, andava ripetendosi almeno due o tre volte quella sorta di tragico avvertimento, così da non tentare mai passaggi azzardati.

La paura era un'ottima consigliera. Non era mai una buona idea arrampicare terrorizzati ma, allo stesso modo, nemmeno convinti di una propria onnipotenza.

Zoe era abbastanza esperta da sapere cosa era in grado di fare o meno. E se non era sicura di una linea o una via, preferiva trovare quella che faceva al caso suo.

Quindi non si sarebbe concessa di perdere la pazienza e avrebbe impiegato tutta l'attenzione necessaria. La vetta che aveva davanti a sé non era particolarmente nota o famosa, ma con i suoi oltre duemilacinquecento metri si stava rivelando decisamente impegnativa e meritava tutto il suo rispetto.

Riprese l'ascensione.

Con una calibrata torsione del busto estrasse dal ghiaccio vivo la becca della piccozza destra e, reggendosi con la sinistra e i ramponi conficcati nella schiena gelata della montagna, la piantò più in alto, facendo forza. Spinse con le gambe e avanzò, cercando per quanto possibile di risparmiare il braccio sinistro, anche se sapeva fin troppo bene che la ferita si era già riaperta da un po'.

Provava da qualche minuto un dolore lancinante. A ogni colpo era come se una lama le squarciasse i muscoli. Ma non aveva alternativa. In quel punto non poteva permettersi di usare una piccozza sola.

Andò avanti in quella sua azione, controllando il respiro, distribuendo le energie, salendo con l'agilità che sapeva di possedere. Strinse i denti e, infine, si ritrovò su una cengia abbastanza comoda per poter pensare di aggirare lo scalino e riposare un altro po' su quello che era un vero e proprio terrazzo di roccia e ghiaccio. Si rese conto che il vento e la ferita incidevano, e non poco, sulla sua velocità. Stava impiegando più tempo di quanto avrebbe voluto. Ma non le veniva in mente alcuna alternativa. Se non altro, aveva smesso di nevicare.

Attorno a sé, Zoe vide pinnacoli di ghiaccio e la parete che si faceva via via più erta per almeno un altro centinaio di metri, fino poi a digradare in una sorta di depressione per rialzarsi quindi progressivamente, a partire dalla forcella, con una cresta che terminava in una vetta dalla forma insolitamente larga, quasi un lastrone di roccia e ghiaccio.

Riprese la salita lungo la cengia, deviando quindi sul

lato destro. Piccozze e ramponi garantivano un'ottima presa, anche se in un paio di passaggi si ritrovò a dondolare nel vuoto, per acquistare poi lo slancio necessario a salire ancora. Il respiro andava facendosi più affannoso. S'impose di controllarlo al meglio. Rallentò, mantenendo un ritmo costante.

Infine, arrivò sul terrazzo di roccia che digradava verso la forcella e quindi sull'ultima cresta.

Si guardò attorno. Doveva trovarsi a circa duemilacinquecento metri di altitudine. Attorno a sé, vide i profili severi e innevati del Col Nudo e del Teverone. Imponenti, fiere, le montagne parevano osservarla, simili ad antiche guardiane, intente a custodire i punti d'accesso al cielo.

Zoe annuì, quasi potessero parlare. Era più forte di lei. Di fronte a spettacoli come quello ammutoliva e il cuore le batteva all'impazzata. Rimase in ascolto. Il silenzio rotto solo dal fischio del vento.

Eppure, con un po' di fortuna e se faceva attenzione, provando a creare uno spazio dentro di sé, Zoe sapeva di poter udire le voci di quanti erano stati su quelle pareti prima di lei. Le montagne conservavano talmente tanti momenti di vita da essere custodi di intere esistenze. Lo facevano con l'umile magnificenza dei loro strapiombi, delle cenge, dei dirupi, di quelle cime quasi inespugnabili, conquistate solo da pochi fra uomini e donne.

In quel luogo Zoe ritrovò un senso di comunione con la terra. Le parve di scomparire nella montagna, come se, giunta a quel punto, dopo aver risalito la ripida cascata di ghiaccio, le sue membra si fossero fuse a quella superficie che pareva polvere di luna.

Ora capiva il senso del nome dato a quella vetta.

Rivedendo dall'alto la via percorsa, riconobbe una forma non perfettamente dritta ma quasi a falce, come una via gelata e sinuosa risalente la schiena di quella straordinaria montagna che la ospitava dentro di sé.

Inspirò a lungo.

Udì il verso di un falco.

E quel suono acuto le ricordò la ragione per cui si trovava lì.

Doveva muoversi.

51

Fuoco e vento

Completamente sola, Zoe percepì ancora una volta la maestosità della montagna. Tante volte le era già capitato di trovarsi al cospetto delle cime e di aver vinto pareti a strapiombo ma, giunta alla vetta, con una distesa di neve e nuvole sugli alti picchi davanti a lei, rimase di stucco. Era stata talmente concentrata sulla soluzione del caso che ora, per la prima volta, si rendeva conto di non aver ascoltato la vecchia Rauna. Si era preoccupata di obbedirle con lo zelo di una ragazzina, senza riuscire a comprendere davvero il senso della sua storia.

Ora invece, d'improvviso, tutto le appariva più chiaro.

Il silenzio assoluto la lasciò ammutolita. Avvertì una purezza implacabile, che non le dava scampo. E così, la vista delle guglie in pietra, ammantate di un bianco abbacinante, le fece tremare le gambe, dandole un capogiro. Il panorama era talmente intenso nella sua bellezza da risultare irreale, sovrumano.

Comprese finalmente il senso profondo di quanto le era stato raccontato. Non si trattava solamente di aver ucciso in modo orribile una donna innocente cinque secoli addietro, ma, bruciando vivi i corvi, si era spezzato un equilibrio: quello garantito dagli animali e dalla loro saggezza, quello istintivo e ultraterreno dell'ambiente e, più in generale, di tutto ciò che nulla aveva di umano e si affidava a leggi non comprensibili alla mente. E, pur tuttavia, quelle regole scritte nella roccia, nelle ali nere dei corvi, nel fitto del bosco vigevano da un tempo imme-more, di certo precedente all'uomo. Il vescovo di Belluno, che pure ne aveva compreso la forza e la bellezza, vi si era d'improvviso opposto al solo fine di affermare la propria infallibilità e il prestigio che la sua carica pretendeva.

Gli abitanti del villaggio, nutriti dal sospetto, dall'invidia, dall'ignoranza, avevano sobillato quelle pretese d'infallibilità, facendosi complici e uccidendo la donna e i corvi in modo tanto crudele da spezzare l'armonia fra l'uomo e la natura. E quella ferita, che ancora grondava sangue, andava ricucita.

Era disposta a farlo? Lei che, per qualche strana ragione, assomigliava alla donna uccisa?

Zoe non aveva dubbi in proposito. Non dopo l'ascensione e la visione sublime delle montagne che la stregava e la lasciava sgomenta a un tempo. V'era uno stupore antico in quel suo sguardo, quasi appartenesse alla prima donna posta di fronte allo spettacolo delle vette sorelle della Montagna della Luna.

Guardò giù e vide, azzurra di ghiaccio, la cascata a forma di falce bianca che aveva risalito fino a lì.

Sospirò.

Si preparò all'offerta.

Il vento s'era acquietato. La profondità del silenzio quasi le strappò lacrime dal volto.

Preparò le sette croci, sistemandole come meglio riuscì attorno a quella di vetta. Formavano una stella a sette punte attorno al nucleo.

Le incendiò una dopo l'altra, fino a quando sette piccoli globi ardenti, rossi di fiamma, non punteggiarono lo spazio attorno a lei.

Zoe si pose ai piedi della croce di vetta.

Attese.

E, dato che doveva offrirsi, malgrado il freddo di quell'inverno spietato, tolse la giacca a vento, il pile, la maglia e il reggiseno, rimanendo a petto nudo. Sciolse i capelli, restando in ginocchio. Il braccio sanguinante le doleva ancora.

Non avrebbe saputo quantificare il tempo trascorso, ma ne passò abbastanza da rendere la luce del sole quasi rosata.

Fu allora che udì un frullo d'ali. Alzò lo sguardo, e vide una macchia grande e nera dilagare nella volta celeste. Erano centinaia di corvi imperiali.

Non osò sfidarli e si piegò in avanti, il capo rivolto alle rocce sotto di lei, così da non dovere incrociare gli occhi dello stormo.

Zoe udì una moltitudine di uccelli posarsi sulla neve e fra le rupi, ma lei rimase esattamente com'era, senza alzare lo sguardo. Ciononostante, percepì chiaramente le pupille nere di cento e cento corvi osservarla, esplorarla, sorvegliarla, e ogni volta che accadeva le pareva che un ferro incandescente le marchiasse la carne.

Infine, un gracchiare stonato lacerò l'aria. Zoe tacque. Ancora piegata in avanti, rimase immobile, inerme, pronta a offrirsi come la più docile delle prede allo stormo ingordo e crudele.

Quindi, accadde qualcosa che non avrebbe mai dimenticato e, anzi, le si sarebbe impresso nella memoria per sempre. Come una legge incisa nel bronzo. Uno dei corvi spiccò il volo e planò sulla sua schiena nuda, piantandole gli artigli nella carne viva.

Malgrado la frustata di dolore, Zoe tacque. E così fece anche quando decine di altri uccelli imitarono il primo. Si ritrovò interamente ricoperta di corvi, quasi che dalla schiena e dalle spalle fosse stata generata una creatura mostruosa dai cento becchi e viva di piume frementi e nere, lucide di riflessi iridescenti.

Per un istante, ebbe la sensazione che gli animali fossero entrati in dialogo con lei, in un modo ben più profondo del semplice contatto fisico, per quanto doloroso.

Mentre giaceva così, inginocchiata, prostrata come viva offerta ai predatori del cielo, un'immagine le si parò di fronte vivida.

Ecco, dunque, il vescovo arrivare a Rauch a dorso di una mula e procedere fino alla locanda del villaggio. Qui, Zoe scorse la grande pira approntata per il rogo, la catasta di legna già ardente sotto il palo e le croci recanti le gabbie all'interno delle quali sette corvi neri gracchiavano disperatamente.

Tra la folla disposta ai due lati procedeva la donna dai lunghi capelli castani e i profondi occhi verdi, condotta su un barroccio fino alla pira, legata al palo e infine arsa viva insieme agli uccelli imprigionati nelle gabbie. Quelle grida erano talmente strazianti che quasi le spaccarono la testa.

La visione lancinante della tortura la riempì. La violenza parve diventare il più abbondante dei pasti, quasi la morte si fosse fatta carne, e Zoe avvertì quello scempio risalirle la gola.

E poi la palla di polpa sanguinosa crebbe ancora dentro di lei. E immagini di soli ardenti e ghiacciai ritirati, di abeti rossi divorati dai coleotteri, di crisi idriche e animali morti parvero riempirle la bocca. Non riuscì a fermare quella galleria di visioni che, simili a un montaggio ipercinetico di fotogrammi, le devastarono le viscere. Vide gli alberi malati e le frane prodotte da intere pareti di roccia polverizzate, e ancora i fiori marci e la neve sostituita da una sabbia rossa.

Vomitò. Il corpo scosso dai conati vibrò con la forza di un arco, quasi Dio avesse scelto di usare ogni fibra di lei per scagliare la più santa delle frecce. E mentre ciò accadeva, la visione si fece insopportabile, al punto da farla piangere. Zoe chiese perdono e, come presa da un'inspiegabile furia, allargò le braccia e percepì nuovi artigli conficcarsi in lei.

Infine, dopo quella che le parve un'eternità, alzò lo sguardo e sentì che andava incatenandosi a quello blu e nero del corvo più grande, che le stava sulla spalla destra.

Fu a quel punto che lo stormo la abbandonò. Le sembrò che una parte di lei le venisse strappata e cadde come corpo morto sulla neve bianca.

I corvi planarono fra le cime e scomparvero.

UN MESE DOPO

52

Promesse

Si era ripromessa di non vendere l'azienda. Se lo era ripetuto mille volte da quando i corvi erano scomparsi. Lavorare giorno e notte la aiutava: da una parte a non abbandonarsi al dolore, e dall'altra a celebrare la memoria di suo marito.

Era passato un mese, e non poteva certo affermare che le cose andassero nel migliore dei modi. Aveva spiegato al distributore internazionale la situazione in cui si trovava l'azienda e aveva chiesto un rinvio di sei mesi prima di riconsiderare il contratto. A Belluno aveva qualche amico, compreso un avvocato che lavorava per un importante studio professionale. Si era appoggiata a lui per la parte giuridica, e ai suoi colleghi per la parte contabile e di consulenza aziendale. Sapeva che, se la gestione dell'impresa fosse stata al di là delle sue capacità, vi avrebbe rinunciato. Non mancavano i compratori, ma avrebbe fatto di tutto per resistere, di tutto. Non sarebbe arrivata a rovinare quello che Riccardo aveva creato. Aveva già deluso parecchie persone, era stanca di essere una fallita in ogni cosa.

Data la situazione, non era spesso a casa, ma sapeva che Marco era insieme a Lu, e quel fatto le dava conforto. I Corona erano partiti dopo che i corvi avevano abbandonato Rauch. Fulvio non aveva dimenticato il modo in cui Rauna lo aveva umiliato di fronte alla gran parte degli abitanti del villaggio. A cosa sarebbe servito restare? Con lui se n'era andato anche Pietro.

Riccardo le mancava talmente tanto che l'unico modo per non morire di dolore era darsi anima e corpo alla distilleria: lì tutto parlava di lui, ma almeno Anna poteva concentrarsi sui sogni cullati, le sfide accolte e vinte. Per certi versi, era come avere Riccardo ancora presente. A spegnerle il cuore erano l'assenza, la mancanza di lui, la solitudine, il dover rimanere da sola nel letto freddo, pensando a come se n'era andato.

Era conscia che ci sarebbe voluto molto tempo. Marco, però, stava affrontando con coraggio e reattività quella tragedia; non aveva negato il male, anzi, accogliendolo stava imparando a trasformarlo. I suoi lunghi silenzi non erano fini a sé stessi, diventavano un modo per condividere la quiete e ascoltare le storie che leggeva insieme a Lu. Non aveva certo smesso di giocare a hockey e, tre volte la settimana, Anna lo accompagnava ad Alleghe per gli allenamenti. Lu era sempre insieme a lui, in tribuna a guardarlo.

C'era una sincerità di sentimenti, una devozione reciproca che Anna ammirava. Non sapeva da dove fosse arrivata, forse Marco si era ripromesso di non commettere i suoi stessi errori; oppure, più semplicemente, era perdutamente innamorato di Lu.

Vedeva una maturità in loro che non ricordava di aver mai avuto. Per certi aspetti le faceva paura, ma aveva capito che quello era l'unico modo che i due ragazzi conoscevano per andare avanti.

53
Rimettere insieme i pezzi

Lu guardò Marco e prese il libro in mano.

Avevano acceso il fuoco, proteggendolo con una corona di pietre, e si stavano godendo il tepore sulle mani e contro il viso. Le scintille rosse salivano al cielo come una scia luminosa.

Le pagine ingiallite le riempivano le dita di un odore dolce di colla e pasta di legno. Lu lo respirò come un balsamo. Vide Marco che la guardava rapito mentre lei cominciava a leggere. Entrambi avevano scelto di tenersi attaccati alla vita, usando le storie come àncora di salvezza. Sapevano di non conoscere un altro modo per farlo. E forse, alla fine, era stata proprio quella passione comune a far cominciare il loro amore. *Il corvo* di James O'Barr, *L'orrore di Dunwich* di H.P. Lovecraft, *Gli uccelli* di Daphne du Maurier, *I figli del grano* di Stephen King, *La leggenda di Sleepy Hollow* di Washington Irving rappresentavano la loro via verso la sopravvivenza.

Racconti, fumetti, novelle, storie brevi, capaci di durare per il tempo di un falò. Ne sceglievano una e la leggevano insieme fino a quando non era terminata. Rimanevano davanti alle fiamme, circondati dalla neve e dagli alberi spogli, anche per cinque, sei ore. Non importava quanto ci sarebbe voluto, si prendevano quel tempo perché non conoscevano niente di più bello e importante. Non dopo quanto era loro accaduto.

Non volevano rinunciare a stare assieme e non volevano nemmeno dimenticare che avevano rischiato di morire. E poi c'era una forza invisibile in quelle storie. Qualcosa di magico e irresistibile, qualcosa che andava oltre le pagine e il tempo, qualcosa di epico e innocente, pur nella crudezza e drammaticità dei fatti raccontati. Quelle vicende di orrore e paura ricordavano loro che non tutto era logico, ragionevole, controllabile, nella vita di una donna e di un uomo.

E dopotutto, era stata una storia a salvarli. La vecchia Rauna li aveva avvertiti, e a ragione. Zoe vi aveva creduto, per quanto folle potesse sembrare in principio quella leggenda. E poiché anche loro, fin dall'inizio, si erano affidati al potere ancestrale che albergava nelle storie, avevano scelto di continuare a farlo. Non c'era nulla di più sincero, almeno secondo Marco e Lu. E forse, a pensarci bene, era quello il motivo per cui il destino aveva scelto lui. Per quella ragione il pullo era caduto nel suo giardino. Perché, malgrado tutto, si affidava alla fascinazione delle leggende e dei racconti. E dunque la forza invisibile della maledizione lo aveva fatto suo. In questo, Marco sentiva di essere legato anche a Zoe, in qualche modo.

Lu continuò a leggere e, mentre la ascoltava, lui pensò che nessuno avrebbe potuto salvarlo al di fuori di quella ragazza. Suo padre era morto, e non passava giorno in cui non pensasse a lui. Ma la sorte aveva voluto che s'imbattesse in Lu e, dal momento esatto in cui l'aveva incontrata, gli era parso di conoscerla da sempre.

Guardò i suoi lunghi capelli neri, spettinati dal vento freddo, la ciocca che le attraversava la guancia candida e le si impigliava nel labbro rosso. Vide la sua espressione seria e concentrata, quasi avesse tra le mani un testo sacro, gli occhi grandi e celesti, d'un colore che gli ricordava le decorazioni d'una maiolica che suo padre aveva ricevuto in dono da un cliente qualche tempo prima. Si trattava di un grande piatto da portata color panna, ma decorato in blu. Suo padre aveva detto che quella stoviglia veniva da Delft, una città molto lontana, in Olanda. Ecco, l'ornato di quel vassoio era talmente celeste da rivaleggiare con il cielo. E gli occhi di Lu avevano quel colore. Avrebbe potuto annegarci dentro, e non ci sarebbe stata morte più bella, pensò.

Il vento sollevò turbini di neve, ma il fuoco del falò li teneva caldi. La pelle di madreperla di Lu s'imporporò leggermente. Era ancora più magnetica.

Marco avvertì che quella dimensione così intima, pura, sincera, era la miglior cura alle loro ferite. Non c'era bisogno di parlare, anzi, era proprio in quel comune ascolto che loro due si ritrovavano. E nel silenzio che ne seguiva.

Il silenzio li aiutava.

Era il loro rituale quotidiano.

E anche le parole affidate alle storie erano preziose.

Perché entrambi avevano bisogno di tempo per ritrovare la propria voce, dopo quanto era successo. Tanto più perché quella dolcezza fra loro, al momento, era l'unico modo per gestire un ritorno alla vita.

54

Lo spirito dell'inquietudine

Rauna la vide arrivare da lontano. Era l'inizio di febbraio e la neve sarebbe rimasta ancora a lungo. Un mese esatto era trascorso dai fatti che avevano sconvolto la vita degli abitanti di Rauch.

Rimase sulla soglia fino a quando non la ebbe davanti. «Sei venuta a piedi», sentenziò.

Zoe la guardò e rispose a tono. «Non proprio. Mi hanno accompagnato per un tratto». Si era abituata da un pezzo a tagliare i convenevoli con la vecchia Rauna. Perché perdere tempo in saluti? Ciononostante, volle farglielo notare. «Buongiorno anche a te, comunque. Mi sembri in forma».

La locandiera sorrise. «Alla mia età ogni parola potrebbe essere l'ultima, meglio selezionare le cose importanti da pronunciare. Così, hai lasciato la tua macchina a Belluno?».

«Lo sapevi già».

«È vero, ma volevo fossi tu a confermarmelo».

«È in un garage. Ora sono qui per fare quanto mi ero promessa».

«La vecchia baita è lì dove ti ho detto. Magari ci sarà da rimetterla a posto e nel bosco, con un metro di neve, avrai parecchio da fare».

«Ho un sacco di tempo, adesso che ho dato le dimissioni da ispettrice».

«E giù in città cos'hanno detto?».

«Che sarò più utile come consulente».

«Capisco».

«Dopo quello che è accaduto, non sarei più riuscita a tornare alla mia esistenza di prima».

«Me ne rendo conto».

«E il mio capo preferisce coinvolgermi se e quando dovesse ripetersi un evento simile a quello di un mese fa, qualcosa che non possa essere spiegato con la logica e la ragione».

«Molto saggio da parte sua».

«Non gli ho lasciato scelta. Ora vado».

«Scenderai, di tanto in tanto?».

«Forse sì. Anche se la Montagna della Luna mi ha chiamata a sé, in un certo senso».

«Lo capisco. C'è qualcosa di straordinario in te, ragazzina. È come se l'inquietudine della natura avesse deciso di albergare nel tuo cuore».

«Non lo so».

«Lo scoprirai».

Zoe scosse la testa. «Vado», disse.

«Buona vita nei boschi».

Mentre s'incamminava verso la Montagna della Luna, Zoe pensò che la vecchia Rauna avesse ragione. L'aveva sempre avuta, a onor del vero, anche se dapprincipio lei non era quasi mai stata disposta ad ammetterlo. Pensò che fosse il suo modo per accettare quanto le era accaduto. Dopo che era sopravvissuta all'incontro con lo stormo, i corvi imperiali erano spariti. Le morti avevano destato orrore e raccapriccio, e il commissario Casagrande si era premurato di occultare i fatti, dichiarando che le vittime erano state private degli occhi in seguito alla morte e che la stessa era avvenuta a causa della tormenta di neve che per giorni aveva tagliato fuori il piccolo paese di Rauch dal resto del mondo. Una settimana più tardi un uomo era stato ritrovato nei boschi: era l'agente Dal Farra. Sragionava, pronunciava frasi spezzate, era palesemente fuori di sé. Così, era stato affidato a un ospedale psichiatrico.

E quel fatto aveva ricordato una volta di più al commissario com'era davvero andata quella vicenda. Perciò, per quanto sconvolgente, perfino lui aveva dovuto accoglierla nelle sue dinamiche inspiegabili.

Così, quando Zoe si era risolta ad andarsene dalla polizia, lui aveva manifestato il proprio dissenso, opponendosi. Aveva anche tirato in ballo la morte del dottor Stella. Era stato un colpo basso, ma lei non se l'era presa. Alvise le sarebbe mancato. Malgrado le differenze fra loro, avevano imparato a capirsi e rispettarsi, e lui era stato così sensibile da non voler indagare le sue debolezze. Zoe gliene era stata grata. Ma, proprio per evitare che accadesse ancora qualcosa del genere, avrebbe dovuto andare a vivere sulla Montagna della Luna.

Infine, il commissario Casagrande aveva deciso di arrendersi, strappando però un accordo: l'ex ispettrice si sarebbe resa disponibile per tutte le indagini che avevano una spiegazione oltre la logica. Dato che era accaduto una volta, avrebbe anche potuto ripetersi, aveva detto.

Zoe aveva accettato, comunicando dove l'avrebbero potuta trovare.

Ora, però, doveva muoversi. La casa, a quanto le aveva detto la vecchia Rauna, era nulla più di una catapecchia, una malga diroccata a millecinquecento metri di altitudine, e ci sarebbe stato molto da sistemare.

Malgrado non fosse esattamente un carpentiere, confidava di riuscire a renderla abitabile, ma avrebbe dovuto impegnarsi a fondo. Tanto più in un periodo come quello, con la neve alta un metro.

Infilò gli auricolari e schiacciò "play" sul walkman. Era una passeggiata lunga e tanto valeva avere un po' di buona musica con sé. Le piaceva camminare con le canzoni che le facevano da colonna sonora. Kurt Cobain cominciò a sussurrare *Something in the Way*, che a lei suonava sempre come la più amara delle ninne nanne.

A quel ritmo dondolante s'incamminò per il sentiero, non prima di aver gettato un'ultima volta lo sguardo su quella valle stretta e sperduta.

Vide il piccolo paese di Rauch, la Locanda dei Sette Corvi, i tetti spioventi delle case ancora carichi di neve, e pensò che quel luogo impervio e selvaggio in un certo qual modo le assomigliava.

E forse, proprio come la Val Ghiaccia, anche lei alla fine di quella storia aveva scelto di nascondersi in prossimità di un confine: fra Veneto e Friuli, fra giorno e notte, fra reale e sovrannaturale.

Perché in quella linea di frontiera avrebbe cercato di trovare la vera sé stessa, a costo di mettere a nudo lo spirito dell'inquietudine che si agitava dentro di lei, proprio come un corvo in una gabbia.

La leggenda

Tanto tempo fa, il vescovo di Belluno aveva sette corvi. Erano neri e forti, con penne talmente lustre da avere riflessi blu. Vivevano nella torre del suo castello e venivano nutriti con carne rossa cruda.

Il vescovo li amava perché erano saggi. Ogni giorno volavano via e, quando si posavano sul tetto di un'abitazione, indicavano la casa di un criminale, ladro o assassino che fosse.

Non v'era volta, a essere sinceri, che il proprietario non si rivelasse colpevole di atti empi e meritevoli di punizione.

I sette corvi non fallivano mai.

Nemmeno una volta.

Un giorno, giunse all'orecchio del vescovo che a Rauch, nella Val Ghiaccia, vivesse una fanciulla adoratrice del diavolo. Così, egli mandò i sette corvi a indagare ma, quando gli uccelli giunsero alla capanna della giovane donna, riconobbero la sua innocenza e rifiutarono di posarsi sul tetto della sua casa.

Così facendo, con il loro comportamento, smentirono quanti la accusavano ingiustamente.

Tuttavia, gli abitanti del paese, che odiavano la sventurata – per via del fatto che era avvenente oltre ogni dire e aveva il dono di parlare agli animali e comprendere la lingua dei boschi, del vento e della neve – continuarono a ingiuriarla e a giurare sulla testa dei propri figli che ella era colpevole di giacere con il demonio.

Tanto fu lo strepito di quelle accuse, che il vescovo in persona giunse allora a Rauch e, dando credito alle voci e alle malelingue, condannò la fanciulla e i sette corvi bugiardi.

La donna bellissima e i saggi uccelli furono arsi sul rogo, mentre il vescovo li guardava in silenzio, con occhi neri, rilucenti, simili a schegge d'ossidiana.

Rimase assiso su un trono sontuoso, intagliato e decorato dai falegnami della valle.

Mentre le fiamme si levavano alte nel cielo notturno, le ceneri delle vittime si staccarono come grigi coriandoli dalle lingue di fuoco e furono sospinte dal vento. Caddero negli orti e nei frutteti delle terre bellunesi.

Alcune delle donne che mangiarono di quei frutti ricevettero il dono della sapienza rara di quella fanciulla e di quei corvi, consumati dal fuoco delle pire.

Playlist

1. The Cranberries, *Zombie*
2. The Cure, *Disintegration*
3. Nirvana, *Smells Like Teen Spirit*
4. Nirvana, *In Bloom*
5. Nirvana, *Come as You Are*
6. Hole, *Violet*
7. Stone Temple Pilots, *Interstate Love Song*
8. The Black Crowes, *Black Moon Creeping*
9. Siouxsie and the Banshees, *Face to Face*
10. Nine Inch Nails, *Dead Souls*
11. The Cult, *She Sells Sanctuary*
12. Metallica, *Nothing Else Matters*
13. Alice in Chains, *Rooster*
14. The Cranberries, *How*
15. The Jesus and Mary Chain, *Snakedriver*
16. 4 Non Blondes, *What's Up?*
17. Screaming Trees, *Butterfly*
18. Lenny Kravitz, *Rosemary*
19. Nirvana, *Something in the Way*

Nota dell'Autore

Questo romanzo nasce dal desiderio di concepire una storia horror, intrisa di realismo magico, unendo le suggestioni di tanti autori che amo: Washington Irving e Stephen King, anzitutto, Daphne du Maurier – l'autrice del racconto *Gli uccelli* divenuto poi un celebre film per la regia di Alfred Hitchcock – Michael McDowell, Neil Gaiman, James O'Barr, Tim Burton, Seth Grahame-Smith e potrei continuare per almeno due pagine.

Specifico fin d'ora che l'ambientazione scelta rappresenta uno dei miei luoghi del cuore: quella lingua di terra, nel Bellunese, che appartiene al Veneto e confina con il Friuli in cui le Dolomiti cedono il passo alle Alpi, ospitando cime meno note dei Monti Pallidi ma, per certi aspetti, più inaccessibili e selvagge. Per questa ragione, lettrici e lettori troveranno nomi come il monte Cavallo, il Teverone, il Col Nudo, la Cima dei Preti, il Campanile di Val Montanaia. Dal momento però che questa è una storia cupa e intrisa di horror, ho scelto di raccontare un paese immaginario in una valle immaginaria dominata da una montagna immaginaria, come nella miglior tradizione di una certa letteratura.

La stessa leggenda è completamente inventata, anche se ha alcuni riferimenti a fatti di stregoneria avvenuti in quel periodo, come quello di Orsola da Belluno, fra gli altri.

Ho studiato e raccontato i corvi per la loro evidente potenza evocativa, uccelli non a caso scelti molto spesso dalla mitologia come messaggeri di morte, latori del malaugurio, ma anche simboli di saggezza e memoria e soprattutto animali dal fascino incorrotto, protagonisti di poesie e leggende, romanzi grafici e film. Naturalmente, il tema dei corvi poneva una serie di interrogativi inerenti al loro comportamento, le caratteristiche, le regole dello stormo. Ho scelto un doppio approccio: da una parte quello sperimentale e d'osservazione diretta, appostandomi nei boschi e osservando la loro condotta in inverno; dall'altra dando lettura di manuali e monografie. Fra queste, cito almeno: Bernd Heinrich, *Corvi d'inverno*, Roma 2017, e del medesimo autore *La mente del corvo*, Milano 2019; e poi ancora: Cord Riechelmann, *Il corvo*, Venezia 2019; Michel Pastoureau, *Il corvo*, Milano 2021; Britta Teckentrup, *Di corvi e cornacchie*, Crema 2023. Non potevano poi mancare letture a tema, di carattere squisitamente letterario; a questo proposito è risultato oltremodo utile lo studio che ho recentemente condotto su Edgar Allan Poe ai fini della prefazione all'opera omnia, contenente la sua poesia più famosa: *Il corvo*. Al riguardo si veda Edgar Allan Poe, *Tutti i racconti del mistero, dell'incubo e del terrore, Le avventure di Gordon Pym e tutte le poesie*, Roma 2023. Altrettanto fondamentali sono state le letture di Daphne du Maurier, *Gli uccelli e altri racconti*, Milano 2008; James O'Barr, *Il corvo*, Milano 2013, e del medesimo autore *Il corvo. Libro secondo*, Milano 2013.

Questo romanzo mi ha anche permesso di tornare ai primi anni Novanta, a Kurt Cobain e alla rivoluzione musicale del grunge, e ancora alla Lancia Delta, vero e proprio mito italiano dei rally. Senza contare che ho potuto fare piazza pulita di tecnologia e cellulari, dando alla mia storia una dimensione maggiormente legata all'ambiente e all'avventura.

Non si pensi che la figura della Lancia Delta non abbia comportato una serie di letture: già solo per rendere plausibile la

274

scena dell'incendio che occorre a Zoe Tormen, ho affrontato una serie di manuali e libri. A questo proposito, di notevole utilità si sono rivelate le letture di Werner Blaettel, *Lancia Delta HF Integrale* (illustrato), Firenze 2009; Sergio Remondino e Sergio Limone, *Lancia Delta Gruppo A*, edizione italiana e inglese (illustrato), Torino 2009.

Infine, una menzione a parte la merita il mio adorato Jack London. Inutile dire che sono cresciuto, fin da ragazzino, con due romanzi cardine della mia educazione all'avventura come *Zanna bianca* e *Il richiamo della foresta*, ma in seguito anche con molti suoi racconti dedicati alle terre fredde. Fra i tanti libri, vorrei citare almeno: Jack London, *I racconti del Grande Nord e della corsa all'oro*, Roma 1992, e poi *Le mille e una morte*, Milano 2006; *Accendere un fuoco*, Milano 2022; *Racconti del Pacifico*, Milano 2024.

Ringraziamenti

Grazie a Newton Compton editori. A Vittorio e a Maria Grazia Avanzini, dunque.

E a Raffaello Avanzini, il mio capitano.

Grazie a Federica Graceffa, l'unica editor con cui potevo pensare di avventurarmi in una storia horror. E adesso incrociamo le dita.

Grazie infinite a tutto il team Newton Compton.

Ringrazio Sugarpulp: Giacomo Brunoro, Valeria Finozzi, Andrea Andreetta, Isa Bagnasco, Matteo Bernardi, Piero Maggioni, Claudia Grilli.

Grazie a Lucia e Giorgio Strukul e a Leonardo, Chiara, Alice e Greta Strukul.

Grazie al clan Gorgi: Anna e Odino, Lorenzo, Marta, Alessandro e Federico.

Grazie a Marisa, Margherita e Andrea "il Bull" Camporese.

Grazie a Caterina e Luciano, Oddone e Teresa, e a Silvia.

Grazie ad Andrea Mutti, maestro per sempre, a Sua Raffinatezza Francesco Ferracin, a Livia Sambrotta e Francesco Fantoni. Grazie a Marilù Oliva, Felicia Kingsley, Romano de Marco, Tito Faraci, Sabina Piperno, Francesca Bertuzzi, Marcello Bernardi, Valentina Bertuzzi, Tim Willocks, Diego

Loreggian, Andrea Fabris, Barbara Mirandola, Francesco Invernizzi, Aline Bardella, Barbara Baraldi, Marcello Simoni, Alessandro Barbaglia. Siete il mio porto sicuro. Ora e sempre.

Grazie infinite a Paola Ranzato e Davide Gianella. A Paola Ergi e Marcello Pozza.

Per concludere: grazie infinite ad Andrea Berti, Giulia Valerio, Elisa Balboni, Roxanne Doerr, Jacopo Masini, Alex Connor, Victor Gischler, Jason Starr, Allan Guthrie, Gabriele Macchietto, Elisabetta Zaramella, Alessandro e il clan Tarantola, Lyda Patitucci, Mary Laino, Leonardo Nicoletti, Andrea Kais Alibardi, Rossella Scarso, Federica Bellon, Gianluca Marinelli, Alessandro Zangrando, Francesca Visentin, Anna Sandri, Leandro Barsotti, Paolo Navarro Dina, Claudia Onisto, Massimo Zilio, Chiara Ermolli, Giulio Nicolazzi, Giuliano Ramazzina, Giampietro Spigolon, Erika Vanuzzo, Thomas Javier Buratti, Marco Accordi Rickards, Raoul Carbone, Francesca Noto, Micaela Romanini, Guglielmo De Gregori, Daniele Cutali, Stefania Baracco, Piero Ferrante, Tatjana Giorcelli, Giulia Ghirardello, Gabriella Ziraldo, Marco Piva a.k.a. il Gran Balivo, Paolo Donorà, Massimo Boni, Alessia Padula, Enrico Barison, Federica Fanzago, Nausica Scarparo, Luca Finzi Contini, Anna Mantovani, Laura Ester Ruffino, Renato Umberto Ruffino, Livia Frigiotti, Claudia Julia Catalano, Piero Melati, Cecilia Serafini, Sara Ziraldo, Sara Boero, Laura Campion Zagato, Elena Rama, Gianluca Morozzi, Alessandra Costa, Và Twin, Eleonora Forno, Maria Grazia Padovan, Davide De Felicis, Simone Martinello, Attilio Bruno, Chicca Rosa Casalini, Fabio Migneco, Stefano Zattera, Andrea Giuseppe Castriotta, Patrizia Seghezzi, Eleonora Aracri, Federica Belleri, Monica Conserotti, Roberta Camerlengo, Agnese Meneghel, Marco Tavanti, Pasquale Ruju, Marisa Negrato, Martina De Rossi, Silvana Battaglioli, Fabio Chiesa, Andrea Tralli, Susy Valpreda Micelli, Tiziana Battaiuoli, Erika Gardin, Walter Ocule, Lucia Garaio, Chiara Calò, Anna Piva, Enrico "Ozzy"

Rossi, Cristina Cecchini, Iaia Bruni, Marco "Killer Mantovano" Piva, Buddy Giovinazzo, Gesine Giovinazzo Todt, Carlo Scarabello, Elena Crescentini, Simone Piva & i Viola Velluto, Anna Cavaliere, AnnCleire Pi, Franci Karou Cat, Paola Rambaldi, Alessandro Berselli, Danilo Villani, Marco Busatta, Irene Lodi, Matteo Bianchi, Patrizia Oliva, Margherita Corradin, Alberto Botton, Alberto Amorelli, Carlo Vanin, Valentina Gambarini, Alexandra Fischer, Thomas Tono, Martina Sartor, Giorgio Picarone, Cormac Cor, Laura Mura, Giovanni Cagnoni, Gilberto Moretti, Beatrice Biondi, Fabio Niciarelli, Jakub Walczak, Diana Severati, Marta Ricci, Anna Lorefice, Carla VMar, Davide Avanzo, Sachi Alexandra Osti, Emanuela Maria Quinto Ferro, Vèramones Cooper, Alberto Vedovato, Diana Albertin, Elisabetta Convento, Mauro Ratti, Mauro Biasi, Nicola Giraldi, Alessia Menin, Michele di Marco, Sara Tagliente, Vy Lydia Andersen, Elena Bigoni, Corrado Artale, Marco Guglielmi, Martina Mezzadri.

Dimentico sempre qualcuno, non può che essere così... chiedo scusa, ma prometto che verrai citato nel prossimo libro.

Un abbraccio e un ringraziamento infinito a tutte le lettrici e i lettori dei miei romanzi. E alle libraie e ai librai che li sostengono con generosità e affetto fin dall'inizio.

Dedico *I sette corvi* ai miei agenti Monica Malatesta e Simone Marchi. È un atto bello e necessario, a suggellare l'impegno dei tanti anni insieme, per il lavoro fatto fino a qui e per quello che ci attende negli anni a venire, per essere due persone meravigliose e non solo due straordinari professionisti.

Dedico questo lavoro anche al mio caro e generoso amico Mirko Zilahi de Gyurgyokai, e a Paola, Zoe – che ha dato il nome alla mia eroina – e Tomás.

E poi ai miei amati Edgar Allan Poe, Jack London, Daphne du Maurier, Stephen King e James O'Barr, per avermi guidato con le loro storie in questo mio nuovo romanzo.

L'ultima dedica, la più importante, è quella a Silvia, che ogni giorno condivide con me la gioia e la felicità della vita, l'unica per me possibile, giacché tale non sarebbe, né potrebbe mai essere, senza di lei.

Indice

Matteo Strukul

La cripta
di Venezia

Volume di 288 pagine. € 9,90

Venezia, 1732. Nella cripta della chiesa di San Zaccaria viene trovato il
cadavere di una giovane donna. Qualcuno le ha sfondato la bocca con
un mattone, incastrandolo fra le mandibole. L'orrore di un delitto così
raccapricciante sconvolge la Serenissima tanto più perché la fanciulla è una
Mocenigo, la famiglia cui appartiene anche il doge, ormai morente a causa
della veneranda età. Al suo capezzale viene chiamato Giovanni Antonio
Canal, detto il Canaletto, giacché la brutalità del crimine sembra richia-
mare i fatti sanguinosi di tre e sette anni prima, quelli commessi da Olaf
Teufel, che proprio il grande pittore indagò, suo malgrado, con gli amici di
sempre: l'impresario teatrale irlandese Owen McSwiney e il mercante d'ar-
te britannico Joseph Smith. I tre cominciano a investigare ma quando un
secondo cadavere, ancora una volta un esponente della famiglia Mocenigo
– ucciso allo stesso modo della prima vittima – viene rinvenuto presso la
cripta della chiesa di San Simeon Piccolo, la situazione precipita in un'or-
gia di dolore e cupa violenza. Canaletto e i suoi amici dovranno lottare non
solo per scoprire la verità ma anche per la loro stessa vita...

NEWTON COMPTON EDITORI

Matteo Strukul

Il ponte dei delitti di Venezia

Volume di 288 pagine. € 9,90

Venezia, 1729. All'alba di una torrida giornata d'estate, il cadavere di un uomo viene rinvenuto sul ponte delle Guglie. Sulla gola due fori sanguinolenti e sul petto, fissato con uno stiletto, un biglietto con su scritto "Canaletto". Appresa la notizia, le autorità convocano subito Giovanni Antonio Canal, che si trova suo malgrado coinvolto, ancora una volta, in un'indagine dai contorni inquietanti. Il primo macabro dettaglio che si impone alla sua attenzione sono le ferite sul collo della vittima: troppo irregolari per essere state provocate da una lama, farebbero invece pensare al morso di un animale. Ma quale bestia potrebbe mai lasciare segni simili? Mentre Canaletto tenta di venire a capo di quel mistero, la città – e qualcuno molto vicino al pittore – vengono sconvolti da un tremendo incendio. Quel misfatto sembra portare una firma inconfondibile. Si tratta di qualcuno che Canaletto conosce bene. Qualcuno che pare tornato dal passato per spargere altro sangue su Venezia. Prima che nella laguna si diffonda il terrore e la situazione metta in pericolo la credibilità del doge e la stabilità della Serenissima, Canaletto deve assicurare alla giustizia un pericoloso assassino. Mentre si avvicina alla verità, un'antica e spaventosa leggenda proveniente dall'est Europa getta una luce sinistra sulle sue indagini…

NEWTON COMPTON EDITORI

Matteo Strukul

Tre insoliti delitti

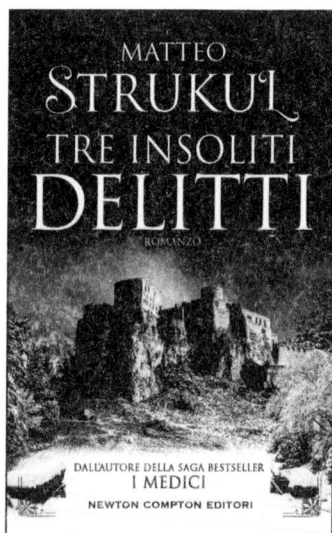

Volume di 224 pagine. € 9,90

1199: è la vigilia della festa di san Nicola e Kaspar Trevi, cavaliere templare, viene convocato dal reggente del Regno di Sicilia, in visita a Bari per assistere ai festeggiamenti. All'alba un uomo è stato trovato ai merli della fortezza, con il ventre squarciato e le viscere esposte: si tratta di Giuseppe Filangieri, un tempo consigliere della defunta regina Costanza di Altavilla. Dell'omicidio è ritenuta responsabile Filomena Monforte, la bellissima dama della regina, su cui ricade la terribile accusa di stregoneria. La giovane è fuggita e il reggente ordina a Kaspar di ritrovarla e consegnarla alla giustizia. Il templare non è stato scelto a caso: egli fa infatti parte dell'Ordine di San Bernardo di Chiaravalle, una confraternita di cavalieri-esorcisti dediti a combattere il demonio, in qualsiasi forma si manifesti. Sulle tracce di Filomena, Kaspar si ritroverà ad attraversare la nostra penisola da sud a nord, in un viaggio rocambolesco e funestato dalla morte: in ogni città in cui Filomena si rifugia, qualcuno viene ucciso in modo brutale. Cosa si cela dietro questi omicidi? La ragazza è davvero una strega, o un pericolo molto più terreno del diavolo è in agguato nell'ombra?

NEWTON COMPTON EDITORI